나는 아직도 세상이 궁금하다

나는 아직도 세상이 궁금하다

오순희 수필집

늘봄

차례

사진: 오순희

4부 고려청자 파편에 매료되다

5부 어린 시인이 보는 세상

6부 길 위에서

책을 펴내며

겨우 한글을 익혔을 때부터 사촌오빠가 보는 학생 잡지 『학원』에 실린 만화를 보면서 시작된 책 읽기가 지금까지 글을 쓰게 하였습니다. 내가 살아오는 동안 내 몸과 정신의 반쯤은 글 쓰는 데 매여 있었던 것 같습니다.

자칫 신변잡기로 읽힐 글은 쓰지 않으려고 노력하지만, 때론 내 얘기에 치우치고 말 때도 있습니다. 그러니 문학성과 예술성을 염두에 두고 글을 써야겠다는 것은 내가 글을 쓰는 한평생 가슴속에 간직해야 할 숙제입니다.

내가 쓰는 글의 대부분은 역사와 여행이 많습니다. 아니 역사로의 여행이라고 하는 게 맞겠습니다. 내 사상의 중심이 거기에 머물러 있기 때문이지요. 앞으로도 역사와 여행은 내 관심 안에 머물며 끊임없이 이어질 것입니다.

2003년 첫 번째 수필집을 내고 이제야 두 번째 책을 낼 생각을 했습니다. 책을 내는데 기간이 따로 있는 건 아니지만, 시간이 비교적 많이 지나갔습니다. 이렇게 늦장을 부린 건 게으른 탓도 있지만, 지금까지는 책을 내야겠다는 절실한 마음이 없었기 때문이었지요. 그런데, 점점 나이가 들어가니 이제 더는 늦출 수 없다는 생각이 들었습니다.

그간 써두었던 글을 정리하다 보니, 18년 세월의 두께가 느껴집니다. 오히려 수필을 잘 모를 때는 잘 써지더니, 생각이 많아지니 글쓰기는 갈수록 어려운 일로 여겨져 이 글을 정리하면서 새삼 부끄러운 마음이 들어 고민이 많았습니다. 그러나 오랜 세월의 노력과 흔적들이 아까워 결국은 세상에 내놓습니다.

언제나 든든한 후원자인 세 딸과 사위들에게 고마움을 전합니다. 부족하고 거친 글을 만지고 다듬는 수고를 마다하지 않은 늘봄 출판사와 제 글을 읽어주실 독자들께도 감사드립니다.

- 신축년 가을, 오순희

1

우주의 별 지구에서 살아가기

바이칼호수 '알혼'섬에서, 쏟아져 내릴 듯 하늘을 뒤덮고 있던 별 무리를 보았습니다. 어두운 밤하늘에서 그렇게 많은 별은 본 것이 얼마 만이었는지, 목이 아프도록 하늘을 쳐다보았지요. 이제 도시의 하늘에는 별이 보이지 않습니다. 외갓집 평상에 누워 바라보던 별들의 강 은하수를 이제 어디에서 볼 수 있을까요. 전날 밤 별똥별이 떨어진 곳을 찾아 달려가던, 어린 시절 그 강가 그 모래밭이 그립습니다.

우주의 별 지구에서 살아가기

아파트 13층에서 내려다보이는 풍경은 넓은 벌판입니다. 우리 집 창문 앞에서부터 건너편 아파트와 오른쪽 사거리까지 반경 1~2km의 거리가 한눈에 보입니다. 공릉천 샛강 위 고가도로에는 '금촌나들목'이 지나고, 나들목 바로 옆으로는 경의선 철로가 지나가지요. 자유로 쪽으로 나가는 길, 육안으로 보이는 끝 지점 낮은 산에는 조선시대 세도가 하늘을 찌르던 파평윤씨 정정공파 묘역이 있습니다.

지금은 겨울입니다. 퇴근길에 모여든 차들로 도로가 주차장이 되는 오후 6시경, 가로등에 불이 켜지면 가슴이 설레기 시작합니다. 바야흐로 우주쇼가 펼쳐질 시간이니까요. 하늘의 별빛을 밀어낸 수많은 인공조명 가로등이, 지들이 별인 양 반짝이기 시작합니다. 아니 하늘의 별들이 지상에 내려와 앉은 것 같습니다. 지구도 우주에 떠 있는 하나의 별이니, 별빛보다 더 찬란한 빛의 향연을 우주쇼라고 해도 틀린 말은 아니겠지요. 어두워진 길 위에 늘어선 자동차 꽁무니 브레이크 등이 새빨간 루비로 보이기 시작하고, 앞으로 달려오는 차의 헤드라이트는 다이아몬드 빛을 발합니다. 그 행렬들 위로 교차로의 푸른색 신호등까지 '사파이어' 빛깔로 더해집니다. 그 뒤 파평윤씨 묘역을 휘돌아가는 빨간빛의 S자 행렬이 또 그렇게 아름답습니다. 그러노라면 정면에서 또 다른 불빛이 쏜살같이 달려와 우주쇼에 끼어듭니다. 정월 대보름 쟁반같이 둥근달만큼 커다란 불빛 두 개를 가슴에 안고, 모퉁이를 돌아 불쑥 나타난 전철의 헤드라이트입니다. 들판 가운데를 달려와 작은 빛들 속에 섞이는 풍경이 장관입니다. 그러면서도 거침없이 달려드는 커다란 불빛이, 때론 우주의 침입자처럼 섬뜩하게 느껴질 때도 있지요.

2년 전 바이칼호수 '알혼(Olkhon)'섬에서, 쏟아져 내릴 듯 하늘을 뒤덮고 있던 별 무리를 보았습니다. 어두운 밤하늘에서 그렇게 많은 별은 본 것이 얼마 만이었는지, 목이 아프도록 하늘을 쳐다보았었지요. 이제 도시의 하늘에는 별이 보이지 않습니다. 외갓집 평상에 누워 바라보던 별들의 강 은하수를 이젠 어디에서 볼 수 있을까요. 전날 밤 별똥별이 떨어진 곳을 찾아 달려가던, 어린 시절 그 강가 모래밭이 그립습니다.

늦은 아침을 먹고 느긋하게 TV를 보는데, 천문학 관련 프로그램을 방영하고 있기에 관심 있게 보았습니다. 천문학자는 "은하는 우주의 중심에서 80억 광년의 거리인 우주의 끝자락에 존재하고 있고, 4천억 개의 별로 구성되어 있으며 그중에 지구는 무한한 우주 속의 하나의 푸른 점일 뿐"이라고 말합니다. 인간은 광막한 우주의 무수히 많은 세계 중의 하나일 뿐인 지구를 보금자리 삼아 살아가고 있다는 것이지요. 인간의 존재가 무한한 공간 속의 한 점이라면, 흐르는 시간 속에서도 찰나의 순간밖에 차지하지 못하니, 모든 인간사는 우주적 관점에서 바라볼 때 지극히 하찮고 자질구레할 뿐이라는 것입니다. 사람들은 천년만년 살 것처럼 부풀린 욕망으로 세상을 살아가는데, 억겁 시간의 흐름 속에 잠시 잠깐 다녀가는 거라니 참 허무하기 짝이 없습니다.

지난 12월 한 달 동안을 우울증에 시달렸습니다. 처음 겪어보는 우울증의 실체는 극도의 불안증이었습니다. 코로나19로 2월부터 9월까지 하던 일을 중단하고 혼자 집에 있을 때도 괜찮았고, 아무 걱정거리도 없는데 말입니다. 왜 그럴까 아무리 생각해보아도 현실적인 이유는 아무것도 없었습니다. 그러다가 가끔 내가 살아온 날들에 대한 회한이 가슴을 옥죄는 것을 느끼기도 하고, 살아갈 날들의 숫자를 세고 있는 나를 발견했습니다. 지금까지 생각해본 적 없는 죽음에 대한 불안증이 갑자기 왜 나를 괴롭히는지 알 수 없었습니다. 인간은 아무도 전생을 알지 못하고 사후의 일도 알 수 없기에, '어디서 와서 어디로 가는가' 하는 풀 수 없는 화두를 안고 살아갑니다. 나 역시 그 화두에서 벗어날 수는 없는 나약한 인간이지요. 꼭 그것 때문만은 아니겠지만, 천문학 강의를 들은 게 내 우울증 일정 부분에 영향을 미쳤을지도 모르겠습니다. 식욕을 잃을 만큼 힘들었던 우울증 증세는 다행히 한 달 만에 싱겁게 끝나고 지금은 편안합니다.

늦은 밤, 잠이 오지 않아 다시 창 앞에 섰습니다. 그 많던 자동차들은 제 갈 길로 떠나고, 가로등 불빛이 나들목을 지키고 있습니다. 자정이 한참 지난 시간에 움직임 없는 풍경 속으로 간간이 승용차가 지나가는 게 보입니다. 늦은 시간까지 일을 하고 가족이 기다리는 집으로 돌아가는 가장일까요. 가족들은 무거운 어깨로 돌아오는 아버지를 따듯하게 맞아 주겠지요. 어떤 상황에서도 사람들은 본연의 역할을 다하며 살아가고 있습니다.

밤이 지나고 안개 자욱한 공릉천에 다시 아침 햇살이 펴지고 있습니다. 우리 집 아파트에서는 가려지지 않은 창공을 질러 저 멀리 늠름한 자태로 서 있는 북한산의 한 봉우리인 삼각산이 보입니다. 참으로 상쾌한 아침입니다.

어젯밤, 가로등 불빛이 별처럼 떠 있던 샛강에 철새들이 물에 발을 담그고 쪼르르 앉아있습니다. 그중 한 마리가 물살을 가르며 건너편 모래톱을 향해 헤엄을 치고 있네요.

우주 속 하나의 푸른 점인 지구에서는 오늘도 변함없이 하루가 열리고 있습니다. (2021, 한국수필)

시골 책방의 기억

열 평 남짓의 작은 시골 책방.

가게 앞면 전체를 차지하고 있는 여덟 개의 미닫이 유리문 안으로, 벽면 가득히 꽂혀있는 책들이 보인다. 유리문을 옆으로 쓰윽 밀고 가게 안에 들어가려고 하면 가슴이 먼저 콩닥거린다. 그것은 곧 책을 갖게 될 소녀의 행복한 두근거림이고 설렘이었다.

책방 집 가족은 북에서 피난 온 사람들로, 부부와 두 명의 딸이 있었다. 주인은 키가 크고 외모가 지적으로 보여, 어린 내가 보아도 촌사람들과는 다른 분위기의 사람이었다. 사방이 산으로 둘러싸인 전형적인 산골 마을에 그가 책방을 열 수 있었던 것은, 그때는 산골 들판에 집들이 다닥다닥 붙어있을 정도로 많이 들어서고, 본래의 원주민인 농부들의 몇십 배의 인구가 들어와 살고 있기 때문에 가능했다.

6.25 전쟁이 끝난 후, 마을에는 미군 부대가 들어섰고 그와 더불어 기지촌이 형성되었다. 마을을 둘러싸고 있는 산은, 상점이 있는 중심가로부터 3km를 넘지 않는 가까운 거리에 있었는데, 그 산 아래 여러 곳에 미군 부대가 들어선 것이다. 그 시절 미군 부대에서 흘러나오는 달러는, 돈벌이를 찾아 들어온 많은 사람들의 수입원이 돼 주었다. 전쟁으로 폐허가 된 나라, 정부는 전쟁 복구에 여념이 없으니 국민들은 스스로 살아갈 일을 해결해야만 했다.

산골 마을에 살길을 찾아 들어온 사람들 중에는 학력과 경력이 상당한 지식인들이 있었다. 그중에 북에서 가족을 이끌고 피난을 나와 미군들을 상대로 클럽을 운영하고 있던 내 친구의 아버지는, 동경대 법대를 나온 사람이었다. 그렇게 산골에 임시로 정착한 지식인들이 있어서 책방은 그럭저럭 운영될 수 있었다.

군청이 있는 소도시 금촌에서 살다가 부모님이 식료품 가게를 연 기지촌으로 전학 왔을 때, 나는 초등학교 3학년인 열

살이었다. 초등학생일 때는 안데르센이나 그림 형제의 동화책을 읽기도 했었는데, 어찌 된 건지 동화책은 지금 한 권도 남아 있지 않다. 지금도 가지고 있는 그때 내가 샀던 책들은, 우리나라 작가들의 작품도 있었지만, 외국 번역 작품들도 많이 있다. 그때 발행되던 문학잡지로는 현대문학과 자유문학이 있었는데 그 책들을 읽으며 무모하게 시 공모에 응모하기도 했었다.

내가 가지고 있는 책의 발행 연도는 4291년부터 4295년까지의 것으로 모두 단기로 표기된 1960년대 전후의 것이다. 누렇게 변색 되고 가장자리가 삭아서 만지면 바스러지기도 하는 책의 가격은 평균 500~700원이고 1100원과 1650원으로 천원 단위로 올라간 것도 있다.

지금 남아 있는 책들은 사르트르 『파리 떼』, 릴케 『릴케 시집』, 괴테 『파우스트』, 카뮈 『이방인』, 톨스토이 『인생 일기』, 도스토옙스키 『악령』, 헤밍웨이 『태양은 또다시 떠오른다』, 펄벅 『대지』, 노천명 시집 『사슴의 노래』 『학생 애송 시집』, 고미카와 준페이 『人間의 條件』 등 20여 권이 남아 있다. 대부분의 책들은 그때 문학도로 대학생이었던 펜팔친구가 읽어보라고 추천해서 산 것들이다. 그때 내가 그 책의 내용을 다 이해할 수 있었을까. 그 책들은 오히려 요즘에 와서 독서토론 모임에 추천하여 유용하게 읽고 있다. 그중에 늘 끼고 다니며 읽던 책은 83인의 한국 시인들의 시를 모은 『학생 애송 시집』이다. 83편의 시 중에서 소월의 「초혼(招魂)」은 아직도 외우고 있을 만큼 좋아했다. 책들을 사위가 와서 보고는 오래된 귀한 책이니 버리지 말고 잘 간직해두라고 했는데, 더 망가지기 전에 깨끗이 손질하여 잘 보관 해두어야겠다.

나는 가끔 어릴 적 내가 살던 마을에 책방이 있었던 것이 '내 인생의 큰 행운이었다'는 생각을 한다. 책방 주인은 내가 책을 사러 가면 읽을 만한 책을 골라주기도 하고 책을 읽는 방법이나 책을 읽고 독후감을 써야 감동이 오래 남는다는 조언을 해주기도 하였다. 그런 경험들이 지금 내가 글을 쓰는 데 토대가 되었을 것이다. 오래전 어린 시절의 일들이 어제 일처럼 눈앞에 그려지는 건, 내 인생에 크게 영향을 받은 중요한 시기였기 때문일 것이다.

어릴 적 시골 책방에서 읽은 책들로 하여, 지금 내 가슴에 마르지 않는 깊은 감성의 샘이 있으니 나에게는 그것이 더없는 행복이고 행운이었다. (2018)

이름하여

가끔 내 이름을 생각해볼 때가 있다. '순희(順熙)'. 현대적이고 세련된 이름은 아니다. 내가 태어난 그 시대는 순희 혹은 순이가 동네마다 한 명씩은 있을 만큼 흔했다. 그 후 서양 문화가 밀려 들어오기 시작하니 사랑스러운 이름, 품위 있어 보이는 이름, 독특하고 멋진 이름 등 현대적으로 바뀌어 갔다.

사촌 언니의 이름이 순자인데 아버지는 내 이름을 지으며 크게 고민하지 않고 사촌 언니의 이름 '순'자를 따서 지었을 거라 생각된다. 어린 마음에 세련되고 고운 이미지의 이름에 비해 내 이름을 매우 촌스럽게 생각하였다. 그러나 생각해보면 그 시대 여자 이름에 흔하게 쓰이던 정(貞), 희(姬), 영

(英), 옥(玉), 순(順), 예(禮) 등은 한 시대를 수놓았던 옛 이름이 아닌가.

'사람은 죽어서 이름을 남기고 호랑이는 죽어서 가죽을 남긴다'는 속담은 누구나 아는 오래된 명언이다. 누구나 알지만, 누구나 다 이름을 남기는 게 아니어서 생긴 말일 터이다. 평생토록 그를 가리키는 고유명사로 사용되는 이름은 단순한 호칭 그 이상의 존재 가치를 지니게 되니 누구에게나 소중한 것이다.

어린아이가 태어나면 하나의 인격체로 이름을 갖게 되고, 그로부터 존재성을 부여받게 된다. 이름은 인간이 살아가면서 필요한 것이기도 하지만, 본질적인 존재의 문제로 인간의 출생과 더불어 가장 먼저 해야 할 일이다. 이름을 지을 때 부모는 고심하며 신중하게 짓게 되는데, 평생을 사용할 것이니 부르기 좋고 듣기도 좋아야 하며 천하지 않고 고급스런 느낌이어야 한다. 이름만 듣고도 그가 남자인지 여자인지 구별이 되어야 하고, 성과 이름의 조화가 잘 이루어져 전체적인 흐름에 무리가 없어야 한다. 이름의 뜻이 아무리 좋아도 성과 이름이 조화롭지 못하여 그 음이 듣기에 이상하거나 우스꽝스러우면 어려서는 친구들의 놀림감이 되기 십상이고, 어른이 되어서는 조직사회에 나가 점잖은 체면에 곤혹스러울 때가 있게 된다.

사람만이 아니라 이 세상 만물에도 제각각 이름이 있다. 이름이 있어야 사물도 비로소 의미 있는 존재로서 가치를 지니게 되는 것이다. 사물 하나하나가 우리에게 특별한 의미를 지니게 되면 이름을 얻게 되는데, 이름이 없는 열매에 '사과'라는 이름을 붙여 주었을 때 비로소 사과로 존재하게 되지 않는가. 풀을 보고 어떤 의미도 느끼지 못하면 그냥 잡초일 뿐이지만, 인간의 생활 주위에서 밀접한 관계를 맺으면 풀에도 각각의 이름이 있게 된다.

산과 들에 아무렇게나 자라는 것처럼 보이는 풀과 나무에도 그 이름이 있게 된 내력이 재미있는 옛이야기로 전해온다. 세 딸의 집을 전전하다 죽은 할머니의 넋이 꽃이 된 슬픈 전설의 꽃 '할미꽃'이 있는가 하면, 며느리가 얼마나 미웠으면 스치기만 해도 가시가 찌르는 풀을 '며느리 밑씻개'라고 했을까. 진시황제가 길을 가다가 소나기를 만나 소나무 아래서 비를 피하고 나서 보답의 뜻으로 나무 목(木)자에 공작을 뜻하는 공(公)을 써서 목공(木公)이라 했는데, 이 두 글자를 합쳐 '송(松)'자가 되었다는 소나무 이야기도 전해진다. 또는 그 모양이나 작용에 따라 붙여진 것으로, 바람에 살랑살랑 흔들리는 모양이 강아지가 꼬리를 흔드는 것 같아서 붙은 '강아지풀',

물에 넣으면 독이 퍼져 물고기가 '작살난다'는 '작살나무' 등 모든 사물에는 의미를 지닌 이름이 있다.

전통 사회에서 양반은 호적에 올리는 이름 외에 아명과 자(字)와 호(號)를 쓴다. 이름을 귀하게 여겨 함부로 쓰지 않기 때문에 어려서는 아명을 쓰고, 관례를 치르고 나면 자를 얻어 가까운 친구나 이웃들이 이름 대신 허물없이 부른다. 그리고 학문과 덕행이 높아져 널리 알려지고 존경을 받게 되면 호를 얻게 되는데, 호는 학문이나 예술에서 일가를 이루어 남을 가르칠 만한 위치에 이른 사람만이 가지는 영예이다. 대개는 스승이나 가까운 친구가 지어주기도 하고, 스스로 지을 때는 겸손한 뜻을 담아 지었다. 전통적으로 호를 가진 사람에게는 '선생'이라는 극존칭을 붙인다. 퇴계(退溪)나 율곡(栗谷) 등 이름을 남긴 훌륭한 사람에게 선생 호칭을 쓰는 것이 그 예이다.

이름 외에 부르는 것 중에는 외모나 행동의 특징을 잡아서 붙이는 별명이 있는데, 어렸을 때 별명으로 불리던 개구쟁이들이 꽤 있었다. '짱구'니 '코찔찔이'니 또는 꺽다리 등 주로 신체의 특징으로 불렸다. 초등학교 3~4학년 무렵, 한 반 친구인 개구쟁이 녀석이 내 성이 '오'가라고 나를 '오징어'니 '오줌싸개'니 하고 별명을 붙였다. 오징어라고 할 때는 참아 줬는데, 오줌싸개라고 하자 화가 나서 그를 때려 주려고 쫓아갔다. 도망가는 녀석을 못 잡고 주저앉아 울고 있으니까 녀석은 겁이 났는지 당황한 기색으로 슬금슬금 도망가버리고는 다시는 오줌싸개라는 별명은 부르지 않았다. 나이 들어서 그를 만났다. 공부에 취미가 없던 그는 일찍이 상업에 종사하더니 제법 알아주는 중소기업을 운영하고 있었다. 조그마하던 개구쟁이가 풍채 좋은 사장이 되어 나타났는데, 어릴 적 그 녀석과 오버랩되어 뜻 없이 그냥 웃었더니 그도 자기가 저질렀던 수많은 개구쟁이 짓 중에 하나가 생각났는지 따라 웃는다.

요즘은 인터넷상에서 부르는 이름이 하나 더 생겼다. 가상공간이지만 서로 교류하며 긴밀한 유대를 형성하기도 하여 그 나름의 규칙이 있다. 공적인 공간에서는 실명을 써야 하는 경우도 있지만, 대부분 닉네임을 사용한다. 가상공간에서 행세하려면 이름을 정해야 하기에 나를 대신할 내 분신의 이름을 근사하게 짓고 싶었다. 이것저것 생각하다가 늘 마음속에 간직해온 이름을 떠올렸다. '혜강', 오래전에 읽은 소설『솔바람 물결 소리』에 나오는 젊은 스님의 법명이다. 책을 읽으며 품위 있고 예술적이며 솔바람처럼 청아한 느낌을 주는 '혜강'이라는 이름이 좋았었는데, 소설의 내용은 거의 잊어버리고 이름만 기억에 남아 있었다. '그래 혜강이야, 이걸 써야지' 하고 다음(Daum)과 네이버(Naver)에 등록을 하는데, 네이버에는 등록이 되는데 다음에는 이미 누군가 사용하고 있어서 등록할 수 없다고 한다. 오랫동안 가슴에 품었던 이름이라 아쉬웠다. 어떻게 할까 잠시 고민하다가 갓 머리를 떼어버리고 '예강'으로 고쳐 등록했다. 오랫동안 사용해오고 있는 예강은 완전한 내 분신이 되어, 이제 온라인에서만 사용되지 않고 오프라인에서도 불린다. 함께 책을 읽기도 하고 전시회를 보거나 뮤지컬 등을 즐기는 문화모임에서는 나를 '예강님'이라고 호칭하는데, 이제는 내 이름처럼 듣기에 편하다. 때로 누군가는 예강은 어떤 뜻의 한자를 쓰느냐고 묻기도 한다. 예, 강, 많은 뜻이 있다. 대충만 찾아봐도 예에는 깊고 밝은睿도 있고, 기예藝와 예절禮도 있다. 강은, 강江, 굳셀強, 편안할康 등 많은 글자가 있는데, '예강' 그 음만으로도 그냥 좋아서 굳이 뜻을 나타내는 한자는 쓰지 않는다. 이 글을 쓰기 위해서 그때의 소설책을 찾아보았지만, 누군가 빌려 간 후 돌려주지 않았는지 없다. 서점에 간 길에 다시 사서 읽어보니 혜강은 어려서부터 절에서 자란 맑고 고운 사람이다. 오래전 소설 제목 『솔바람 물결 소리』에 반해서 사 보았던 책 속의 젊디젊은 스님 혜강이 예강으로 변하여 제2의 이름이 되었다. 본명이 나 자신이라면 '예강'은 나를 감싸고 있는 겉옷과 같다.

아버지가 지어주신 내 이름 순희(順熙)는 사촌 언니의 이름을 따서 아버지가 생각 없이 지었을 거라고 했지만, 다시 생각해 보니 그렇지만은 않은 것 같다. 아버지가 그 시절 흔하게 쓰이던 여자를 뜻하는 계집 희(姬)를 쓰지 않고, 빛나는 또는 밝음의 뜻 희(熙)로 쓰신 걸 보면 착한 여자로만 살지 말고 밝게 빛나는 인생을 살라는 깊은 뜻이 있으셨던 것이라 생각된다. 이제 와 이름을 빛낼 수는 없지만, 스스로 밝은 마음가짐으로 살고 가까운 이들에게도 그 마음을 전하며 살 수 있으면 내 이름값은 할 수 있지 않을까. 가깝게 지내는 이가 내가 자기 마음속 1순위라고 하기에, 나는 오순희(5순위)인데 하고 농담으로 얼버무렸지만, 호감의 표시일지라도 누군가의 마음에 1순위로 자리하고 있다면 그것만으로도 빛나는 인생이지 않은가.

수많은 사람들이 역사 속에서, 또는 고전 속에서, 그리고 우리의 생활 속에서 오늘도 그 이름을 빛내고 있다. (2015)

디지털카메라로 세상을 보다

내 가방 속에는 언제나 디지털카메라가 들어있다. 문학 동인들의 인터넷 카페에서 '카페지기'를 맡아 하며 사진 올리는 작업까지 하다 보니, 문학회 행사 사진을 비롯하여 동인들을 자주 찍게 된다. 그렇게 시작된 사진 찍기가 이제는 일상이 돼 버려, 어디서나 특이한 장면이나 재미있는 얘깃거리가 될 만한 것이면 카메라의 피사체가 되고, 사계절의 자연 변화도 내 관심거리가 되곤 한다. 이쯤 되면 사진 전문가라도 되는 것 같지만, 그냥 보이는 대로 찍는 아마추어일 뿐이다.

아이들이 어릴 때는 크고 무거운 수동식 카메라를 사용했었다. 아직도 서랍 한구석을 차지하고 있는 그것은, 사진은 잘 나오지만 크고 무거워서 메고 다니려면 어깨가 쳐질 지경이었다. 그러다가 디지털카메라를 사용하게 된 것은 막내딸 것을 빌려 쓰고부터인데, 자주 빌려 달라고 하니까 내게 아주 가지라고 하였다. 딸에게 얻은 카메라로 한동안 사진을 찍었는데, 오래 사용하였더니 화질이 좋지 않아 쓸 수 없게 되었다. 새로운 것을 구입하려고 전자상가에 가서 한참을 이리저리 살펴보다가 내가 사용할 만한 적당한 카메라 중에서 크기가 작고 휴대하기 편한 것을 골랐다. 손바닥만 해서 쥐기도 편하고 두께도 얇아 바지나 윗옷 주머니에 쏙 들어가는 것이, 언제 어디서나 꺼내기 쉬운 것이 마음에 들었다.

새로 산 카메라로 가까이 있는 사람들을 찍기 시작했다. 누구든지 내 카메라의 사정거리 안에 들어오면, 렌즈의 눈에서 벗어날 수 없다. 내가 선호하는 사진은 기념사진처럼 가만히 서 있는 것이 아니라, 자유로이 움직이는 사람들이다. 단체 사진을 찍을 때도 정좌해 있는 사진보다는 사진 찍기 위해서 여러 사람들이 모여드는 순간의 장면이 더 재미있다. 어서 오라고 손짓하는 사람, 뒷모습을 보이며 부지런히 자리로 가는 사람, 옆 사람을 쳐다보거나 엉거주춤 앉으려는 동작, 밀려서 넘어지려는 순간들을 연속적으로 찍는다. 그렇게 찍은 사진은 고정된 시간에 머물러 있지 않고 한 편의 드라마가 되어, 보는 이들이 모두 즐거워하게 된다. 정면 사진을 찍어야 할 때도 있는데, 유난히 카메라의 렌즈에 긴장하는 사람이 있다. 잘 웃다가도 정작 사진을 찍으려고 하면 어색한 표정이 되고 경직된 표정을 짓는다. 그런 사람을 찍을 때는 안 찍는 척 딴청을 부리며 카메라 렌즈의 방향을 다른 곳에 두었다가, 피사체가 카메라를 의식하지 않고 웃는 모습이 포착되면 재빨리 찍는다. 하도 찍히다 보니 그들도 이제는 나름대로 이력이 났는지, 모델 노릇을 곧 잘해 표정과 포즈가 한결 자연스러워졌다.

사진 찍을 상황은 대부분 순식간에 다가왔다가 금방 사라지고 만다. 정작 찍어야 할 결정적 순간을 포착했을 때는 상황이 이미 끝나버리고 마는데, 일출이나 일몰을 찍으려 하면 그 순간에 어우러지는 바다와 나무와 사람을, 그때만의 특별한 풍경으로 찍어야 되기 때문이다. 그들이 연출해내는 동작 중에서 재미있거나 멋진 장면을 포착하는 건 더욱 어렵다. 그런 순간을 놓치지 않고 찍으려면 카메라가 늘 내 손 들려 있어야 가능하고, 자연스런 사진을 찍기 위해서 순간 포착의 기회를 호시탐탐 노리고 있어야 한다. 내 카메라에 잡힌 인물들은 본의 아니게 몰래카메라에 찍히게 되는 것이다. 디지털카메라는 눈에 대고 찍지 않고, 액정화면을 보기 때문에 자신이 찍히고 있는 것을 모르게 할 수 있다. 몰래카메라는 범죄현장을 잡아내는 데 사용되기도 하고 범죄에 이용되기도 하지만, 내가 찍는 몰래카메라는 사람들에게 즐거움을 준다.

디지털카메라에 찍힌 사진은 모니터에서 이미지 파일로 존재하기 때문에, 사진을 본다는 것은 이미지로 바꾸어 읽어야 하는 일이다. 모니터 화면의 반대편에서 바라본 사진은, 다리 사이로 물체나 풍경을 거꾸로 보면 색다른 세상으로 보이는 것처럼, 실체를 보는 것과는 다른 느낌이라고 할 수 있다. 그러나 사진의 주인공들은 사진을 자신의 실체인 듯 인식하여, 인터넷 카페에 올려놓은 사진이 조금이라도 마음에 안 들면 지워달라고 한다. 사진에 담긴 이야기와 전체의 분위기를 보지 않고, 자신의 모습만을 개별적으로 보기 때문이다.

예전에는 찍은 사진을 사진관 암실에서 수정작업을 하였다. 그것은 아무나 할 수 없었던 사진사의 고유영역이었는데, 지금의 디지털사진은 포토샵 기능을 사용하여 사진관의 암실에서 하던 작업을 한순간에 무색하게 만들어버린다. 점을 빼기도 하고 흰 머리를 검게도 하며, 어둠 속에서 찍은 사진의 적목 현상도 간단하게 수정할 수 있다. 그러나 나는 복잡한 포토샵 기능을 익히지도 못했지만, 원본 그대로의 표정이 좋아서 수정은 하지 않는다.

여행 중에 비행기 창가에 앉게 되면, 하늘을 찍을 수 있는 절호의 기회를 갖게 되니 그날은 운수가 좋은 날이다. 하늘의 변화를 찍는 것은 지상의 물체를 찍는 것과는 다른 쾌감을 맛보게 하고, 또 다른 세계의 존재를 인식하는 순간이다. 구름 위를 빠르게 이동하는 비행기에서 시시각각으로 변하는 하늘도 보고, 한 눈으로 바다와 지상에 보이는 나라들의 실제 지도를 확인할 수 있다. 하늘과 구름, 태양의 색채는 너무나 빠르게 변하여 한 템포 느리게 작동하는 디지털카메라로 사진을 찍으려면 더욱 빨리 순간 포착을 해야 한다. 태양이 비추고 있는 색채의 공간인, 푸른 하늘과 흰 구름의 경계에서는 황금빛 색채의 눈부신 향연이 펼쳐지고 있다. 하늘 위에서 전개되는 광대한 자연의 신비를 보며, 나는 내 존재의 무력함을 인정하는 대신 나도 자연의 일부로 거기 있었음을 증명하기 위해 하늘을 찍는다.

사진을 통해서 여행의 즐거움을 기억할 수 있고, 책갈피의 낙엽처럼 사진 속에 추억을 담아 둘 수 있어서 여행을 다녀오면 남는 것은 사진뿐이라고 한다. 나도 계속해서 디지털카메라를 통해 사람과 풍경을 이미지로 만들어, 찍힌 사람들이 보며 즐길 수 있는 시간을 갖게 할 것이다. 그 순간을 위해 내 가방 속의 카메라는 언제나 셔터 누를 기회를 엿보고 있다.

(2009, 한국수필 '화제의 작가')

어깨가 슬퍼 보이는 남자

십 대 때 어느 크리스마스 날, 읍내에 사는 한 반 친구들이 우리 집으로 놀러 왔다. 중학교만 있고 고등학교가 없던 시골 학교에서, 다른 학교로 뿔뿔이 흩어져야 할 중학 생활의 마지막을 함께 보내자고 모인 것이다. 시골에 하나밖에 없는 작은 남녀공학이어서, 찾아온 친구 중엔 남자애들도 있었다. 어머니가 차려 준 음식과 친구들이 사온 과자를 먹으며 작은 내 방이 뒤집어지게 웃고 수다를 떨며 밤이 깊어 갔다. 한참을 웃고 떠들다가 한 친구가 잊고 있었던 듯, 주머니에서 크리스마스 카드를 꺼냈다. 다른 친구에게 같이 놀러 가자고 했더니 그 애는 못 온다며 대신 카드를 써주었다고 했다.

"누가 준 건데?"

친구들의 호기심 어린 눈망울이 내 손에 박힌다. 나도 궁금했다. 내용은 지극히 평범한 성탄 축하 메시지로, 카드를 보낸 건 같은 반의 남자아이였다. 그때는 크리스마스에 카드를 주고받는 게 지금 선물을 주고받는 것보다 더 흔했던 시절이다. 성탄절에 일상적으로 주고받는 카드지만 다른 친구들은 받지 못한 카드를, 남자친구한테 나만 받았다는 게 문제였다. 겨울방학이 끝나고 학교에 갔을 때, 그 애와 나는 친구들에게 놀림감의 주인공이 되어있었다. 친구들이 일부러 장난치느라 놀려 대면 부끄럽고 창피해서 눈을 흘겨 주거나 팔뚝을 아프도록 꼬집어주곤 하였다. 그런데 이상하기도 하지. 놀리는 친구들에게 화를 내면서도 소리가 밖으로 들리지 않을까 싶을 만큼 가슴이 '쿵쾅' 거렸다. 자꾸만 기분이 이상하고 머릿속이 아득한 게 심장에 병이 생긴 게 아닐까 걱정이 될 지경이었다. 졸업할 때까지 한 달 동안을 나는 친구들에게 놀림을 받으며 고칠 수 없는 병을 앓았다. 그것은 열여섯 살의 내가 태어나 제일 처음 겪은 설렘이었다.

남녀 합해서 한 학년이 한 반 밖에 안 되는 시골 작은 학교에서 내리 3년을 같이 공부해온 친구들이다. 그 애는 남학생들 중에서 제일 훤했다. 반듯한 이목구비는 영화배우 뺨치게 잘생겨 귀공자라는 표현이 어울리는 외모였다. 시골 아이 같지 않게 희고 깨끗한 얼굴과 언제나 단정한 교복과 모자는 그 애의 트레이드마크였다. 그렇다고 공부만 하는 샌님은 아니어서, 축구를 하거나 배구를 할 때면 먼지와 땀으로 범벅이 된 얼굴에 사춘기 소년에서 청년으로 성장해가는 모습이 보이기도 하였다. 전후(戰後)에 초등학교를 들어간 그때의 친구들은 나보다 두세 살쯤 더 많아서 철이 없던 나에 비해 제법 어른스러웠는데, 그 친구도 꽤 의젓한 편이었다. 어린 시절 한때의 삽화로만 남은 그 애와 나의 얘기는, 졸업하면서 끝이 났다. 그 후 그는 대학을 나와 잘 생긴 인물답게 한동안 영화배우를 한다는 소문이더니 미국으로 이민을 갔다는 풍문을 들었을 뿐, 지금은 동창회에 가도 만날 수 없다. 어쩌다 그 친구를 생각하면, 잘생긴 외모와 함께 얼굴을 받치고 있던 어깨의 선이 떠오른다. 그의 단단해 보이는 등 위로 허전해 보이는 어깨가 먼저 떠오르는 건 유난히 길었던 목 때문이었을까.

내가 호감을 갖게 되는 남자의 이미지는, 잘생기고 이지적인 분위기에 좀 마른 편인 사람이다. 이성으로서만이 아니라 사회생활 중에 만나게 되는 사람이나 어린 사람이라도 그런 남자에게 더 호감이 간다. 사람의 인격을 외모로만 판단하는 것도 아니고, 근육질이거나 비만한 남자가 싫은 것도 아닌데, 비교적 키가 크고 살집이 적은 남자가 마음에 들었다. 키가 커서 휘청거리는 남자는 나약해 보일 수도 있는데, 내 성품에 모성본능이라도 있어서 그런 걸까.

그러다가 딱 그런 이상형의 남자를 만났다. 아니 벽에 걸린 사진의 남자를 보았다. 그 남자를 보는 순간 가슴이 마구 뛰고, 머릿속은 형언할 수 없는 전율이 일었다. 아! 나는 탄식 하듯 신음소리를 내며, 잠시 마음을 진정시키고 그를 찬찬히 바라보았다. 그는 어릴 적 같이 놀림을 받던 한 반 친구와 많이 닮아 있었다. 그 남자를 본 건 종군기자들이 찍은 한국전쟁 60주년 특별사진전시회 「memory 60」에서였다. 어둠침침한 전시장 안에서 그는 환한 빛을 발했다. 전쟁의 참혹함을 보여주는 사진들이 벽면 가득하고, 한쪽에서는 총 쏘는 소리와 포탄 터지는 소리를 내며 전쟁 장면을 보여주는 동영상이 시끄러운데 거기 한쪽 벽면에 그가 있었다. 두 발은 벽에서 20~30cm쯤 떨어져 엇갈리게 꼰 자세이고, 한쪽 어깨는 벽에 기대고 양손은 바지 주머니에 깊숙이 찔러 넣고 서 있는 포즈였다. 윗옷이 헐렁하게 몸을 감싸주어 늘씬한 키가 더욱 돋보였다. 넓은 둥근 테의 모자를 눌러 쓰고 고개를 숙이고 있어 눈은 보이지 않았는데, 모자 밑으로 반만 보이는 얼굴에 길게 내려온 코가 수려하고, 날씬한 턱선이 미남이라는 걸 한눈에 알아볼 수 있었다. 그런데 그렇게 완벽한 멋진 패션 포즈를 보여주는 그의 가슴에, 求職(구직)이라고 쓴 글자가 끈으로 묶여 있었다. 그곳은 어디일까. 전쟁이 끝난 1954년의 어느 날 서울의 번화가인 듯 그가 서 있는 발밑엔 보도블록이 깔려 있고, 그의 등 뒤로 멀찍이 지나가는 사람들과 신사복 차림의 남자 둘이 손짓을 하며 대화를 하고 있는 활기찬 모습이 배경으로 보인다.

처진 그 남자의 어깨가 슬퍼 보였다. 휴전 후 폐허가 된 나라, 그때의 국민들은 누구나 직업을 구하기 어려웠다. 일자리를 찾아다니다가 지친 그는, 도시의 한복판 빌딩에 기대어 시름을 달래고 있는가. 60년 전 전쟁의 아수라장에서 겨우 헤어나온 사람들의 고난이, 그 남자의 온몸에서 고단함과 슬픔으로 아우러지고 있었다. 축 처진 어깨를 한쪽 벽에 기대고 서 있는 그의 모습에서 직업을 구하지 못하고 있는 요즘의 젊은이들을 본다. 가슴에 걸린 '求職' 글자와 그의 몸에 배어 있는 숨길 수 없는 귀티의 부조화가 그 남자의 어깨를 더욱 슬퍼 보이게 한다.

(2010)

오래된 집

'용상사'로 올라가는 길에 '찬 우물'이 있는 마을에 들렀다. '용상사'는 고려 때 거란의 소배압이 10만 명의 군사를 거느리고 개성으로 쳐들어오자, 현종이 미복 차림으로 이 마을로 피신해와 있던 곳으로, 현종이 개성으로 돌아간 후에 의탁해 있던 곳을 기념하여 지은 절이다. 찬 우물은 동네 한가운데에 있는 샘물로, 약수터의 물처럼 표주박으로 떠 마시던 것을 모터를 연결하여 꼭지만 틀면 나오도록 편하게 만들어 놓았다. 물을 받아 마시며 주위를 둘러보다가, 크고 깨끗한 새로 지은 집 옆에 삐뚜름히 쓰러져 가는 집을 발견했다. 어떤 사람들이 살았던 곳일까 궁금하기도 하고, 오래된 옛집에 관심이 있어 호기심이 일었다.

넘어질 듯 위태롭게 버티고 있는 울타리 너머로 기웃이 들여다보다가, 문짝도 없는 빈집으로 들어섰다. 손바닥만 한 마당에는 풀이 무릎까지 찰 정도로 우거져서 발을 옮기기 어려웠다. 마당과 마루에는 세간들이 바스러질 듯 퇴락한 채 먼지를 뒤집어쓴 채 나뒹굴고, 안방 부엌 아궁이는 시커먼 그을음으로 얼룩덜룩했다. 하얗게 타고 남은 연탄재가 아직도 들어있는 건넌방 연탄아궁이를 들여다보고, 뒤란까지 한 바퀴 돌아보고 나왔다. 미처 정리하지 못한 채 갑자기 떠난 사연은 무엇일까. 이 집에 살았던 사람들의 안부가 궁금했다.

지금은 한적했던 시골 소읍에도 높은 아파트가 여기저기 들어서서, 주위의 산들이 모두 가려지고 냇물과 하늘이 잘 보이지 않는다. 시골집이라 해도 겉모습도 아름답고 구조가 편리한 입식 주택들이 대부분이다. 새로운 건축물은 크건 작건 사용하기 편하고 아름답게 변해가는데, 그런 중에서도 오래된 집들이 더러 남아 있어서 지나다가 그런 집을 발견하면 반가움에 눈여겨보게 되고 안으로 들어가고 싶어진다. 사람이 살고 있는 집에 이유 없이 들어가 보자고 할 수는 없으니, 더러는 겉모양만이라도 사진을 찍어 오곤 한다.

양옥이 보편화되고 아파트가 많아지기 전까지 우리나라의 집들은 한옥이거나 한옥의 변형된 형태였다. 전후에는 초가지붕이 양철이나 슬레이트 지붕으로 바뀌었고, 흙과 나무로 지었던 벽은 시멘트로 개량되었다. 그때 지은 집들은 견고하게 지은 주택이 아니고 대부분 전쟁 후 급하게 지어서, 지붕이 새거나 벽이 헐어 몇 년에 한 번씩 수리하면서 살아야 했다.

사람이 살아가려면 입고 먹고 기거해야 하는데, 어느 것 한 가지 중요하지 않은 것이 없다. 어려웠던 시절에 집을 가질 수 없었던 사람들은 대부분 셋방살이를 하였는데, 그중에 더러는 움집을 짓고 사는 사람들도 있었다. 어릴 적 한 친구의 집은 개울 옆 둔덕을 이용해서 만든 움집이었다. 처음 친구 집에 갔을 때 땅속에 집이 있는 것이 신기하여, 친구가 창피해하며 자꾸 잡아끄는데도 어둠침침한 방을 기웃거리며 한사코 들여다보았었다. 친구네 움집은 자주 놀러 가게 되면서 들어가 볼 수 있었는데, 축축하게 습기 찬 방에서 퀴퀴한 곰팡내가 났던 기억이 있다. 그 후에 무악재에서 다시 움집을 보았다. 1960년대, 그때는 서울과 파주를 오가는 버스정류장이 홍제동에 있었다. 버스를 타러 가는 무악재 고갯길 옆 산비탈에 굴이 있어, 굴을 집 삼아 살고 있는 사람이 가마니로 된 거적문을 들치고 드나드는 걸 보았다. 굴이 있었던 그곳 산비탈이 지금은 천지가 개벽하여 아파트촌이 되었다. 그때 호기심과 안쓰러운 마음을 가졌던 기억이 남아, 버스를 타고 무악재를 지날 때면 거적문이 달려 있던 자리가 저기쯤이었던가 하고 눈여겨보게 된다.

결혼하고 얼마 동안은 몇 년에 한 번씩 이사를 다녔다. 아이들이 하나둘씩 태어나고 세간살이와 함께 추억도 쌓이게 마련인데, 이사를 하면 그 집에서 있었던 추억을 그냥 놔두고 가는 것처럼 늘 서운했다. 그 집에서 살았던 몇 년의 시간을 두고 온 듯 한동안 그리워하며 향수병을 앓곤 하였다. 그러다가 먼저 살던 집 앞을 지나갈 일이 생기기라도 하면 그 집에 살고 있는 사람들 눈에 띌세라 대문 틈새를 기웃거리거나, 창문이 열리면 집 안이 들여다보이지 않을까 생각하며 창문을 바라보곤 하였다. 그럴 때마다 아주 작은 그리움 한 조각이 비늘처럼 떨어져나가며 가슴이 시렸다.

지금 살고 있는 집에서는 20여 년을 살았다. 여러 번 수리하고 개조하여 살고 있지만, 아파트처럼 편리하지는 못하다. 단독주택의 불편한 점이 있고 아파트보다는 단열이 부족하여 겨울엔 춥고 여름엔 덥다. 그래도 이 집에서 아이들이 고등학교와 대학을 다녔고, 결혼하여 독립해 나갔다. 글쓰기를 다시 시작한 것도 이 집이고, 함께 늙어 가리라 생각했던 남편이 무심히 떠난 것도 이 집에서이다. 아이들은 제발 편한 아파트로 이사하라고 성화를 한다. 나도 언젠가는 불편한 이곳을 떠나려고 생각은 하고 있지만, 얼마나 오랫동안 그리워하며 아파할까 두려운 마음에 걱정이 앞선다.

오래된 집이라고 하여 낡은 헌 집만 있는 건 아니다. 역사의 인물들이 태어나고 살았던 고택도 있고, 유배 생활을 했거나 잠시 머물렀던 곳을 복원해놓은 곳도 있다. 외국에도 음악가가 살던 집이라던가, 작가의 집이라고 해서 많은 관광객이 찾아가는 것을 볼 수 있다. 사람들은 작가가 살던 집과 쓰던 물건에서 그의 흔적을 찾는다. 집은 단지 생활의 공간만이 아니라, 그 집에서 살던 사람들의 추억이 켜켜이 쌓여 역사를 이루고 생명의 흐름이 이어져 내려오는 곳이기 때문일 것이다.

지금도 나는 시골길을 가다가 오래된 집을 보게 되면, 마음속에 있던 유년의 추억이 되살아나 안개처럼 아련한 그리움이 가슴 한구석을 간질이곤 한다.

(2007, 선수필. 2009, 한국수필 '화제의 작가')

기찻길 옆

전동차의 의자는 창을 등지고 앉을 수 있게 길게 놓여 있다. 대도시는 지하를 통과하기 때문에 밖을 내다볼 수 없지만, 시외로 나서면 눈 앞에 펼쳐지는 자연을 볼 수 있다. 예전에는 기차를 타고 창가에 자리를 잡고 앉으면 창밖의 풍경에 빠져 지루한 줄 몰랐는데, 전철은 창을 등지고 앉아야 하니 불편하다.

위성도시의 교통망에서 기차는 점점 사라지고 전동차가 그 자리를 대신 하기 시작했다. 드디어 내가 사는 곳을 오가는 경의선에도 전동차가 등장하여 기차의 낭만은 추억으로만 남게 되었다. 경의선 철로에 전동차가 운행을 시작하기 전날, 친구와 서울역에서 만날 약속을 하고 기차를 탔다. 내일이면 사라지게 될 마지막 기차. 그동안은 버스를 자주 이용하였지만 이제 아주 사라지게 된다니 소중한 추억을 잃어버리는 듯 허전했다.

창 옆에 앉아 밖을 내다본다. 시골 풍경을 보여주던 논밭은 사라지고 대신 아파트가 들어서 먼 산을 가려 버렸다. 창밖으로 보이는 것들을 이제는 풍경이라고 말할 수 없다. 신도시가 들어서기 전에는 들판에 아침 햇살이 퍼지면 바람에 한들거리는 벼 포기와 풀잎에 맺힌 아침 이슬이 눈부시게 반짝이는 걸 볼 수 있었고, 기차가 낮은 산 옆을 지날 때면 시원한 산 그늘에 잠시 갇혀버리기도 했다. 그러고 보니 기찻길 따라 길게 늘어서 있던 키 큰 코스모스도 이젠 사라지고 없다.

기찻길 가까이에는 시끄러워서 크고 좋은 건물이 잘 들어서지 않는다. 동요에는 '기찻길 옆 오막살이 아기아기 잘도 잔다'라는 가삿말이 있다. 기차 소리 요란해도 아기가 잘 자고 옥수수가 잘 크는 것은, 기찻길 옆의 목가적 풍경과 기차 소리가 자연의 일부로 동화되어서일까. 한 시간에 한 번씩 다니던 기차는 평온한 시골 벌판에서 오히려 기다림의 대상이었을 것이다.

생각에 잠겨 있는 동안 기차는 낮은 곳에 위치해 있어 납작해 보이는 집의 낡은 지붕과, 무너진 울타리가 쳐진 마을을 지나간다. 오래된 마을의 지붕 위로 한약방과 솜틀집 간판이 보인다. 요즘은 한의원이 한약방을 대신하는데, 아직도 한약방 간판이 옛 마을에 있다니 반가움과 호기심에 기차 뒤로 사라지는 간판을 목을 빼고 바라본다. 어렸을 때 집 앞 도랑을 건너뛰다 발을 삐어 하얀 수염이 인상적인 친구의 할아버지 한약방에서 침 한 번 맞고 금세 나은 적이 있다. 그때는 한의학을 도제식으로 배워 한약방을 차리면 의사가 아니어도 진맥하고 약을 처방할 수 있었던 때이다.

어머니는 가끔 오래 사용한 이불에서 뭉친 솜을 뜯어내었다. 솜을 이불 홑청에 싸서 머리에 이고 솜틀집으로 가는 어머니 뒷자락을 잡고 나도 졸졸 따라갔었다. 그때 솜 트는 기계 속에서 몽실몽실 부드럽게 펴져 나오던 뽀얀 솜은, 양털처럼 부드럽고 어머니 품속처럼 포근했던 기억이 있다.

서울역에 내려 친구와 카페에 마주 앉았다. 서부역 가까이에 있는 카페에는 먼 곳으로 떠나거나 찾아오는 여행객이 드나든다. 실내에는 반가운 사람을 만나 악수하거나 포옹하며 즐거운 사람들, 가끔씩 시계를 들여다보며 차 시간을 기다리는 사람들로 부산하다. 우리는 기차를 보내야 하는 아쉬움을 서로에게 위로의 말을 하며 달랬다. 3년 동안 기차로 통학했던 친구에게 기차는 감수성이 예민하던 사춘기의 추억이어서 나보다 더 서운해한다. 카페의 분위기를 지그시 누르듯 흐르는 「썸머 와인」이 애잔하게 가슴을 파고든다. 큰 머그잔의 커피가 바닥이 날 즈음 친구와 나는 한 잔씩의 리필 커피를 더 청해 마시며, 모든 사라져가는 것들을 그리워하였다. 사라져 가는 것이 어디 기차뿐인가. 골목길을 누비던 칼갈이도, 굴뚝을 뚫어주던 청소부도, 양은그릇을 때워주던 땜장이도 다 사라져 버렸다. 이러다가 무엇이 더 사라지고 어디까지 변하게 될까. 인류가 생긴 이래 세상은 끝없이 변하고 진화해왔으니, 이런 우주의 원리를 누가 막을 수 있을까. 하물며 사람의 마음에서 생겨나고 스스로 통제할 수 있는 사랑조차도 움직이는 거라며 변심하기도 하는데.

모든 사라지는 것들은 아쉽고 그리워지기 마련이다. 우리는 기분을 돌려 쓸쓸한 마음을 털어버리고 그때를 낭만으로 남겨두자고 하며, 여행길에 들뜬 분위기 속으로 끼어들었다. 친구와 두어 시간을 옛 추억을 이야기하며 보내고, 헤어져 돌아오는 길에 다시 창밖 풍경을 내다본다. 들판 건너에 낮은 동산이 있던 때는 산등성이에서 노을이 타고 있었는데, 지금은 태양이 아파트 뒤쪽에 가려져 그늘을 드리우고 있다.

마지막 기차를 타고 서울을 다녀온 후로 1년이 지났다. 요즈음 전동차로 서울을 가며 그 마을을 지나칠 때는 아직도 개발되지 못한 채 남은 낡은 지붕을 쳐다보게 된다. 그곳에는 여전히 한약방과 솜틀 집 간판이 지붕 위에 얹혀 있다. 내 유년의 기억이 거기 머물렀으니, 언제 한번 그 마을에 내려서 한약방에도 들리고 솜틀 집에도 가보리라. 느긋한 여행객이 되어 새로 지은 큰 역사를 유유히 걸어나가, 기찻길 옆 낡은 집을 찾아가야지. 한약방은 문을 닫았을지도 모르지만 그래도 혹시 아직 한약을 팔면 십전대보탕 한재 짓고, 아직도 솜을 틀고 있으면 솜먼지 가득한 기계에서 포근하게 빠져나오는 솜을 한번 만져 보고 싶다. (2011)

커피 향에 취해

차는 기호식품으로 사람마다 취향에 따라 좋아하는 것이 다르다. 나는 여러 가지 차 중에서도 커피를 즐겨 마신다. 예전에는 설탕과 크림을 적당히 넣은 믹스커피를 마셨지만, 다이어트 하려고 당분을 제한하느라 아무것도 넣지 않은 커피를 마시다 보니 이젠 그 맛이 더 좋아졌다.

커피는 주로 아프리카, 중남미, 아시아 태평양 지역에서 생산되는데, 커피나무에서 딴 빨간 열매의 껍질을 벗겨 낸 것이 연녹색의 커피 빈이다. 녹색의 커피 빈을 볶으면 진갈색의 원두가 되는데, 원두의 품질에 따라 커피의 맛과 향이 달라진다고 한다.

마음 맞는 사람들과 분위기 좋은 찻집에 앉아 진하고 맛있는 커피를 마시면 시간 가는 줄 모르고, 사랑하는 사람과 밀어를 나누며 커피를 마시면 달콤쌉싸름한 맛이 사랑처럼 피어날 것이다.

대학로에 가면 50년이 넘은 오래된 다방이 있다. 요즘은 커피와 음료 파는 곳에 커피숍 또는 커피전문점 등의 간판을 달아 놓거나 외국 브랜드가 성행을 하고 있지만, 그곳은 아직도 다방이라는 간판을 걸어놓고 있다.

고종이 커피를 처음 마시게 된 것은, 명성황후가 시해되고 고종이 러시아 공사관으로 거처를 옮겨 살 때, 러시아 공사가 커피나무 열매를 가져와 시음하게 한 것이 최초라고 전해진다. 1년 동안 러시아 공사관에 머물면서 커피를 마셨던 고종은, 덕수궁으로 돌아온 후에도 그 맛을 잊지 못해 커피를 찾았다고 하니 임금님도 커피 맛에 길들어졌었나 보다. 그때부터 커피는 궁중에서 일상적으로 마시는 음료로, 궁 안에 들어오는 사람들의 입안을 향기롭게 적시며, 상류사회의 기호식품이 되었다고 한다.

민간에서는 1900년대 초에 서울 광교에서 장사하던 서양인이, 거래하던 조선 상인들에게 커피를 대접하며 존재를 알렸다. 그때 커피를 처음 보게 된 사람들은 검은 색깔이 나는 탕약 같다고 해서 커피를 '양탕국'이라고 하였고, 1920년대에 일본식 커피집이 들어오면서부터 '끽다점(喫茶店)'이라고 하였다. 그 후 1960~70년대에는 음악다방이 성행하였는데, 음악다방은 지금은 50~60대가 되었을 그 당시의 젊은이들에게 새로운 음악을 소개하며 낭만을 심어주기도 하였다. 나도 30대에 남편과 함께 '음악다방'을 경영한 적이 있어 다방이라는 호칭이 정겹게 느껴진다.

내가 커피를 처음 맛본 것은 10살 무렵이다. 아버지의 친구 중에 미군 부대 군속인 분이 가끔씩 가져오는 다갈색의 커피는, 뜨거운 물을 부으면 독특한 향이 났다. 설탕을 넣은 커피를 한 모금 마시면 달콤하면서도 처음 먹어보는 특별한 맛이 사르르 혀끝을 감싸며 자극적이었다. 그때까지 커피는 생소한 음료였으니 우리 집에도 당연히 커피잔이 없어, 아버지는 하얀 사기그릇에 커피를 담아 마시곤 하셨다. 처음에는 아버지가 남겨주시는 몇 모금의 커피를 홀짝거리다가, 내 몫의 커피를 마실 수 있었던 건 중학교에 들어가서부터였다. 아버지는 커피는 독해서 자꾸 마시면 위를 상하게 하니, 많이 마시지 말라고 하며 커피를 조금씩만 따라 주셨다. 그때 마신 기억이 남아서 지금도 커피를 좋아하나 보다.

가산 이효석은 「낙엽을 태우며」라는 수필에서 "낙엽 타는 냄새는 갓 볶아 낸 커피의 냄새가 난다"고 하였고, "백화점 아래층에서 커피의 알을 찧어서 그대로 가방에 넣어 가지고, 전차 속에서 진한 커피 향을 맡으며 집으로 돌아온다"고 하였다.

커피의 역사가 천년이 되었다고 하고, 커피를 즐겨 마신 예술가들도 수없이 많아, 그에 따른 많은 이야기들이 전해져 온다. 바흐가 작곡한 「커피 칸타타」에 등장하는 아리아에서 커피를 마시지 못하게 하는 아버지에게 딸은 "맛있는 커피, 천 번의 키스보다 황홀하고~"라고 노래하였고, 베토벤은 어두워지는 귀와 세상에서 점점 고립되는 외로움을 커피로 달랬다고 한다. 커피를 아는 사람이라면 한 번쯤 들었을 '커피는 악마와 같이 검고, 지옥과 같이 뜨겁고, 천사와 같이 순수하고, 키스처럼 달콤하다'는 예찬은 유명하다. 커피에 인이 박인다는 말로 중독성까지 얘기되는 걸 보면, 예술가들의 기질에 환각성을 더해준 것은 아니었는지.

며칠 전 외출했던 길에 가산처럼 나도 금방 볶아 갈아주는 곳에서 커피를 샀다. 가산은 가방에 커피를 넣어 가지고 전차를 탔으나, 나는 쇼핑백에 들어있는 커피를 가슴에 안고 향을 맡으며 돌아왔다. 집에 돌아와 커피를 놓아두고 잠시 나갔다가 들어와 보니, 집 안이 온통 커피 향으로 가득 차 있었다. 커피머신의 거름종이에 진갈색의 커피를 넣고 물을 부었다. 전기 스위치를 켜자 금방 보글보글 끓으며 아래쪽 유리 주전자에 갈색의 액체가 방울방울 떨어지기 시작한다. 마시기도 전에 향에 먼저 취한다.

깊고 풍부한 풍미를 지닌 커피를 마시면 그 매혹적인 향기와 맛에 취하고 구름 위 선계에라도 든 듯 행복해진다.

(2008)

2

오래된 책에선 코코아 냄새가 난다

생각해보니 그 냄새의 진원지는 그리움이었다. 열 살 무렵, 단발머리를 찰랑대며 시골 책방으로 책 사러 갔던 날의 추억이 배어 있고, 펜팔로 알게 된 대학생이 읽어보라던 책에서는 그와의 인연이 스며있는 열일곱 청순한 여름이 들어있다. 소월과 바이런, 그리고 학생시집이라는 제목의 시 모음집을 들춰 보며 시를 좋아했던 소녀 시절, 그때를 추억한다.

오래된 책에선 코코아 냄새가 난다

새 책에선 종이 냄새와 인쇄과정에서 글자를 박기 위해 사용하는 잉크 냄새가 난다. 요즘은 잉크 냄새가 옛날처럼 나진 않지만, 새 책을 말할 때 흔히 갓 찍어 채 마르기 전의 향기로운 잉크 냄새로 표현하곤 한다. 그것은 책이라는 대상이 주는 지식의 향기로서의 친근한 레토릭(rhetoric)이다.

오래된 책에서도 냄새가 난다. 책꽂이에 오랫동안 무방비 상태로 놓아두면 먼지와 습기를 흡수하여 매캐한 냄새가 코를 찌른다. 숨쉬기 어려울 만큼 습한 냄새를 내뿜던 내 책들은 30~40년의 세월을 의연히 견디며 아직도 제 자리를 지키고 있다.

어느 날 책장을 정리하려고 책을 모두 꺼내다가, '흠흠' 하며 냄새를 맡았는데 예전에 나던 그 매캐함은 사라지고, 오랜 세월을 지나오는 동안 다른 냄새를 머금고 있었다. 책들을 꺼내 바람이 잘 통하는 거실에 펼쳐 놓았다. 열어 놓은 남향의 유리창으로 살랑대는 바람과 따스한 햇볕이 깊숙이 들어와, 펼쳐 놓은 책을 골고루 어루만지며 생기를 불어넣어 주었다. 몇십 년 동안 꼭 끼어서 꼼짝도 할 수 없던 책꽂이에서 나와, 한나절 거실에서 한가로이 뒹굴더니 제법 보송보송해졌다. 책갈피를 펼쳐 다시 냄새를 맡아본다. '코코아 향기네.' 신기해하며 자꾸 맡아보아도 코코아 향기가 난다. 바람과 햇빛이 그새 마술을 부리고 갔을까. 납작하게 눌려 있던 책갈피는 부풀어 오르고 글자들은 살아서 금방이라도 튀어나올 것만 같은데, 책에서는 달콤한 코코아 향기가 난다.

생각해보니 그 냄새의 진원지는 그리움이었다. 열 살 무렵, 단발머리를 찰랑대며 시골 책방으로 책 사러 갔던 날의 추억이 배어 있고, 펜팔로 알게 된 대학생이 읽어보라던 책에서는 그와의 인연이 스며있는 열일곱의 청순한 여름이 들어있다. 소월과 바이런, 그리고 학생시집이라는 제목의 시 모음집을 들춰 보며 시를 좋아했던 소녀 시절, 그때를 추억한다. 치기 어린 마음에 나도 아름다운 시를 써 보겠다고, 그 시를 흉

내 내며 모방시를 참 많이도 썼던 그때를.

요즈음엔 웬만한 책은 도서관에서 빌려 읽는다. 소장해두고 싶은 책은 사서 읽게 되지만, 계속 쌓여가는 책의 엄청난 양을 감당하기 어려워 빌려 읽는데, 마침 집 앞에 도서관이 있어 편리하게 이용한다. 그동안 매월 우편으로 배달되는 몇 가지의 수필지와 귀하게 보내오는 작가들의 수필집을 많이 모아두었는데, 나 혼자 보고 그냥 꽂아 두기에는 아깝다는 생각이 들었다. 책장을 정리하면서 이미 다 읽은 수필잡지와 수필집들을 아파트 경비실 앞, 쉼터에 가져다 놓기로 했다. 꽤 오랫동안 모아서 몇백 여권이나 되었다. A4용지에 "책 보실 분 가져가세요"라고 크게 써서 쉼터 기둥에 붙여 놓았다. 한꺼번에 내다 놓으면 쓰레기 취급하고 귀하게 여기지 않을 것 같아, 종류별로 분류하여 일주일 단위로 토요일마다 3주에 걸쳐 내놓았다. '누가 책을 가져가기나 할까?' 궁금해하며 13층 창문에서 내려다보니 젊은 여자들도 보이고, 가끔 남자들도 책을 들춰 보고 있다. 저녁 늦게 내려가 보니 한 권도 남아 있지 않았다. 내 집에서 잠자고 있던 책들은 다른 이들에게 가서 기지개를 켜고 활개를 치게 될 것이다. 읽고 싶은 사람들이 책을 가져갔으니 잘한 일이라 생각되었다.

오래된 책의 냄새는 주로 1960년대 전후부터, 1970년대에 출간된 책에서 나는 것이었다. 그리운 것들은 대개 멀리 있다고 생각했는데 내 옆에, 내 책장 속에 냄새로 들어있었다. 책을 꺼낸 김에 다시 읽어보며 그리운 옛날을 펼쳐 내본다.

(2016, 한국수필)

좀 차가운 여자

나를 아는 이들은 나에게 성품이 좀 차가운 편이라고 말한다. 다른 사람보다 말수가 적어서 차가워 보이고 남의 일에 별로 관심을 안 보여서 차가워 보인다. 나이가 들면서 많이 나아졌지만 젊었을 때는 길을 가다가 그다지 친하지 않은 사람을 만나면 고개만 까딱이고 지나치거나, 몇 번 만나 아는 정도인 사람이 도로 건너편으로 지나가는 게 보이면 번거로운 것이 싫어 그냥 지나쳤다. 그래서 거만하다는 말도 들었다. 내가 생각해도 얼굴에 주름이 지도록 활짝 웃으며 "안녕하세요, 어디 가세요, 반가워요" 하며 다소 호들갑스럽게 인사하는 정 많은 사람들보다 좀 차갑긴 하다.

그런 성품은 아버지의 DNA를 물려받았기 때문일 것이다. 아버지는 내가 아는 한, 말을 할 줄 아는 사람들 중에서 가장 말을 잘 안 하는 분이셨다. 다섯이나 되는 내 동생들 중에도 수다쟁이는 없으니 유전인자가 작용한 것이 분명하다. '콩 심은 데 콩 나고 팥 심은 데 팥 난다'는 속담도 있지 않은가.

어려서 살았던 마을은 작은 농촌 마을인데 전후에 수많은 미군 부대가 마을 주위와 산 중턱에 자리를 잡아 기지촌이 돼버린 곳이다. 전쟁에 참전했던 아버지가 전역 후에 군청 동네에 살던 가족을 이끌고 그 마을로 와 장사를 시작했는데, 어머니의 고모님 댁이 먼저 자리를 잡고 아버지를 불러들인 것이다. 말이 없는 아버지는 어머니와 함께 운영하는 식품 가게 일이 무척 힘드셨을 것이다. 물건값을 말해야 하고, 깎아달라는 사람들과 실랑이도 해야 하고, 무엇보다 친절해야 하는 장사가 아버지 적성에는 맞지 않았다. 작은 가게에는 생선과 건어물, 채소와 과일, 라면과 국수와 음식물 조리에 들어가는 각종 재료 등 모든 게 다 있어 요즘의 마트와 같았다. 장사가 힘들었을 아버지와는 달리, 전쟁을 피해 북에서 피난 온 사람들과 미군 부대를 따라서 살길을 찾아온 사람들로 북적이던 동네에서 가게는 날로 번창했다.

어느 날 동네 사람들이 아버지에게 장사도 잘 되니 정육

점을 내라고 부추겼다. 여섯 명의 자식을 키워야 하는 아버지는 식품 가게에서 30여 미터쯤 떨어진 곳에 점원을 두고 고깃간을 내셨다. 정육점이 없던 동네에 새로 생긴 가게는 말할 것 없이 장사가 잘 됐지만, 아버지는 매일 점검해야 하는 장부를 며칠에 한 번씩만 들여다보고 점원이 장부를 교묘하게 속여도 의심하지 않았다. 전쟁 통에 외지에서 들어와 살던 점원 '목삐뚜레이 이씨'가 결국은 고깃간을 다 들어먹어 망하게 하고 말았다. 그때에도 아버지는 그에게 책임을 묻지 않았다. 동네 사람들은 아버지를 부처님 가운데 토막이라고 말하였지만, 나는 아버지가 바보라고 생각되었다. 그러나 아버지에게 대 놓고 화를 내지 못한 것이나, 점원에게 아버지 대신 따지지 못한 것은 나 역시 아버지의 성품을 닮았기 때문이다. 그때 나는 옆으로 갸웃하게 삐뚤어진 목을 흔들고 다니던 '목삐뚜레이 이씨'의 목이 아주 비뚤어져 버리라고 속으로 저주했다. 그는 내가 그토록 하고 싶었던 공부를 계속할 수 없게 했고, 그래서 내가 품었던 꿈을 무참히 짓밟아버린 것이다.

그 모든 것에서 벗어나고 싶었던 아버지는 가게를 어머니에게 떠맡기고, 맑은 물이 졸졸 흘러가는 산골에 밭을 일구어 메밀과 옥수수와 고구마를 심었다. 비탈진 아버지의 메밀밭 산골짝에는 온갖 새들이 지저귀며 날고, 송사리 떼와 가재가 물속 돌 틈 사이에서 헤엄치며 놀고 있는 곳이었다. 자연 속에 서 있는 아버지의 가슴에 그제야 솜털 구름처럼 포근한 평화가 들어앉았다.

나는 그런 아버지보다는 좀 더 말을 잘 한다. 말이 없는 아버지에게 질려 잔소리를 하던 '잔소리쟁이' 엄마의 유전자도 섞여 있었으니.

아버지에게 물려받은 DNA를 증명하려다 아버지 얘기를 너무 장황하게 늘어놓았다.

좀은 조금의 준말이지만 어감상 조금보다는 약한 느낌이다. 조금은 크기나 무게 등을 수치로 나타낼 때 좀이라는 말보다 더 정확한 개념인 것 같고, 좀은 손에 쥐어지지 않는, 눈에 잘 보이지 않는 어림짐작의 느낌이다. 우리 가게 옆, 명희네 쌀가게에서는 요즘처럼 무게를 달아서 팔지 않고 말이나 되에 담아서 양을 측정하였다. 명희 아버지는 말을 뉘어서 쌀을 반쯤 담고는 말이 흔들릴세라 가만히 일으켜 세워 나머지 반을 손으로 퍼 담는다. 그리고는 둥근 막대기를 되 위에 올려서 위로 올라와 있는 쌀을 싹 깎아내렸다. 어느 때 둥근 막대기가 얼른 눈에 띄지 않으면 '에라~' 입속으로 중얼 대면서 손바닥이나 팔뚝을 말이나 되 위에 올려 쌀을 깎아내릴 때도 있었다. 그때 손바닥에 힘을 더 주면 그 힘만큼 쌀이 더 깎였고, 힘을 덜 주면 그만큼 덜 깎였다. 명희 아버지가 손으로 깎은 쌀은 손님의 입장에서는 많이 깎였다고 시비를 걸 것도 못되고, 쌀집 주인의 입장에서는 덜 깎였다고 손해볼 것도 없는 그냥 좀의 양이었다.

어릴 때 엄마가 똑같이 나눠 준 군것질거리를 눈 깜짝할 새에 먹어 치운 동생들이 누나에게 손을 내밀어 "나 쫌 주라" 하면 눈을 찢어지게 흘기면서도 나누어주었다. 먹을 게 부족했던 그 시절엔 먹을 걸 가진 친구가 있으면 그걸 먹고 싶은 친구가 "나 쫌만 주라" 했는데 친구는 잠깐 멈칫하고는 이내 한쪽 귀퉁이를 떼어주었다. 그때의 '나 쫌만 주라'에는 비굴함이 느껴지지 않았고, 자존심에 상처를 입힐 것도 못 되었다. '나도 조금만 줘'보다 부끄럽게 느껴지지 않은 그 말은 '좀'이라는 어감에 있지 않았나 생각된다. 손안에 쥐어질 것만 같이 작은, 좀이라는 말에는 애교가 들어있고 친숙함이 묻어 있는 것이다. 좀이라는 말을 들으면 그냥 너그러워지고 싶어져, 저절로 자비로운 마음이 되어 친구에게 먹을 걸 나누어주게 되는 게 아닐까. 모든 게 풍요로운 지금은 달라고 하지 않아도 친구들과 나누어 먹는다. 좀만 달라던 친구에게 나누어주던 것과 다를 바 없는 마음이다.

성품이 차가운 것은 따듯한 것보다 못하다. 자칫 인정 없는 사람이라고 할 수도 있다. 그러나 변명하자면 차가운 건 겉으로 보이는 모습이고, 슬픈 영화를 보면서 '꺽꺽' 목이 메도록 울기도 하는 걸 보면 나도 속이 따듯한 사람임이 틀림없다. 그래서 남들이 나를 "좀 차가운 여자"라고 한 것을 인정하면서도 좀에 대해서 변명거리를 늘어놓았다.

내게 좀 차가운 성품을 물려준 아버지의 영혼은 아직도 그 메밀밭을 서성이고 계시려나. 그때 아버지의 곡괭이에 끌려 올라온 축축한 흙을 내려다보던 햇빛은, 물기와 미생물과 곰팡이에게 요술을 부리게 하여 보드랍고 축축한 흙 속을 생명이 움트는 판타지의 세계로 만들었다. 아버지 생각을 하니 코끝이 맵다. 눈에 살짝 어린 물기는 서너 번 눈을 깜빡여 말려버리고, 엄지와 검지로 코끝을 살짝 누른다.

지금쯤, 아버지가 일구던 산골 밭에도 보일 듯 말듯 아지랑이가 시나브로 피어오르고 있을 봄이다. 나도 이제 좀 더 따듯해져야 할까 보다.

(2016)

돈 나무에 꽃이 피었네

땅 냄새를 맡을 수 있는 단독주택에서만 살다가, 5년 전 하늘로 치솟아 오르는 집으로 이사를 했다. 흙냄새가 그립기는 하지만 그나마 창밖으로 보이는 먼 산과 들판, 그리고 아파트 아래로 흐르는 시냇물을 보며 위안 삼는다.

아이들이 아직 어렸을 때는 작은 마당이 있는 집에 살았었다. 그땐 집에서 가까운 산에서 흙을 퍼다 아이들과 손바닥만 한 화단을 만들어 오밀조밀 꽃을 심었다. 꽃밭을 좋아해 없는 꽃밭도 만들어서 꽃을 심었었는데, 지금은 꽃을 심을 화단도 없지만, 나이 들고부터는 베란다에조차 화분을 들이지 않는다. 문밖만 나서면 나무와 풀을 볼 수 있고, 산에 들에 들꽃이 지천으로 있으니 굳이 집에서까지 키울 필요가 없다는 게 내 생각이다. 그러나 화분을 집에 들이지 않는 더 큰 이유는 식물을 정성껏 가꿀 자신이 없어서다. 가끔 누군가에게서 받은 화분이거나, 때로는 예쁜 꽃에 홀려서 샀던 꽃 화분을 바쁘다는 핑계로 제때에 물을 주지 못했다. 바쁘다는 건 핑계이고 식물에 관심이 없어서라는 게 맞는 말이다. 물을 주어야 할 때를 잊어버려서 화초가 시들시들 말라가는 걸 보고는 그때야 깜짝 놀라 부랴부랴 물을 흠뻑 주곤 했다. 화분을 관리하고 가꾸는 게 그 모양이니, 뿌리가 말라 죽으려다가 갑자기 많이 부어준 물 때문에 썩어서 죽었을 것이다. 그렇게 내 집에 들어온 꽃은 말라 죽거나 썩어서 죽거나 시들어 버리기 일쑤였다. 그런 몇 번의 경험으로 나는 식물을 키울 자격이 없다는 결론을 내렸다.

일본 여행을 하면서 이해할 수 없었던 것은, 집집마다 작은 집에 손바닥만 한 정원이 있는 것이다. 버스를 타고 스쳐 지나면서 보이는 대문 안에는, 집 안으로 들어가기도 비좁아 보이는 한 뼘 땅에 화초도 아닌 나무가 몇 그루씩 서 있는 게 보였다. 그렇게라도 심을 땅이 없는 집은 문밖에다 작은 꽃이라도 심어놓았다. 일본인의 정원 가꾸기는 세계적으로도 잘 알려진 일이기는 하지만, 얼마 전 면적의 90%가 산이라는 대마도에 갔을 때도 작은 집에 하나같이 정원이 있는 것을 볼 수 있었다. 대마도는 어딜 가나 쭉쭉 뻗은 삼나무 천지여서 3일 동안 하도 삼나무를 보고 다녔더니 몸도 마음도 파랗게 물들지 않았을까 생각될 지경이었다. 산길에서 나무를 실컷 보다가 시내로 내려와, 이제 나무 좀 안 보겠다 싶으면 집집마다 나무가 심겨 있으니 오나가나 녹색 세상이었다. 지진이 많이 일어나는 일본은 뿌리가 많이 뻗고 단단한 삼나무가 지진의 피해를 약화시키기 때문에 심기 시작했다고 한다. 집에까지 나무를 심는 건 너무한 것 같다고 생각했는데, 알고 보니 그곳의 풍습은 화초를 잘 키우는 여자가 살림 잘하는 주부로 인정받기 때문에 너도나도 정원을 가꾼다고 한다.

식물을 좋아하는 이들은 베란다에 화분을 그득하게 들여놓고 온갖 정성을 다하여 키운다. 나는 그것을 보며 부러워하거나 예쁘다고 생각해보지 않았으니 내 성품이 문제일까. 습기가 가득 차 음습해 보이기까지 한 베란다 꽃밭을 좋아하지 않는 내가, 일본의 손바닥 정원을 이해하지 못하는 건 당연한 일이다.

우리의 정서는 이사를 하면 가까운 사람들이 무슨 일이든 불붙듯이 잘되라고 성냥이나 양초를 선물했다. 근래에는 생활 방식이 변하여 양초를 쓰지 않게 되자, 반짝반짝 빛나게 잘 살기를 바라며 세제나 화장지를 선물하거나, 돈이 들어온다는 돈 나무 화분을 선물한다. 그러니 화분을 잘 관리하지 못하는 나의 이런 사정에 대해 미리 경고성 메시지를 전하지 않으면, 아파트로 이사했다고 누군가 화분을 선물로 가져올지도 모른다. 그래서 지인들에게 "화분은 제발 가지고 오지 말라"고 미리 말해두고, 동인들과 오순도순 정을 나누는 인터넷 카페에도 글을 올려두었다.

"새집에 화분 절대 사양!"

그렇게까지 했는데 어느 날 밖에서 돌아와 보니, 누가 맡겨 놓고 갔다며 옆집에서 화분을 전해주었다. 반짝반짝 윤기가 도는 도자기 화분이 꽤 무거웠다. 곧게 뻗어 오른 시퍼런 잎사귀가 무성한 화분에 기가 팍 눌린다. 귀퉁이에 축하 인사를 쓴 쪽지가 있어, 그것을 놔두고 간 이에게 전화를 해서 "화분 절대 사양한다는데 왜 이런 골칫덩어릴 갔다놨느냐"고 농담 반 진담 반으로 항의하듯 말했다. 선물 준 사람에게 그게 할 소리냐며 "그 나무가 돈 나무이니 돈 많이 생길 거"라고 웃으며 받아넘기는 그의 말에, 하는 수 없이 고맙다고는 했지만 심란했다. '이걸 앞으로 어떻게 키우나.' 식물의 노예가 될 생각을 하니 한숨이 절로 나온다. 이사한 새집에 돈 들어올 일만 있으라고 돈 나무를 사 왔다는데.

아무튼, 말도 안 되는 소리인 줄 알지만 '돈 나무가 집에 있으면 돈이 생긴다고?' 중얼거리며 새집에서 잘 살라고 준 거라는데 버릴 수 없으니 그냥 놔둘 수밖에 없었다. 내 화분관리 법이 돈 나무라고 달라질 건 없었다. 베란다에 놔두고 생각나면 일주일 만이거나 열흘 만에 한 번씩 호스로 물을 흠뻑 뿌렸다. 그래도 겨울이면 얼어 죽을까 봐 방 안으로 들여놓기는 했다. 돈 나무는 예전에 말려 죽이고, 썩혀 죽인 화분들처럼 막 키웠는데도 죽지 않고 잘살고 있다. 그건 순전히 나무의 힘이었다.

올여름 집에 들어온 지 5년 된 '돈 나무'에 꽃이 피었다. 어느 날 집에 온 지인이 꽃이 핀 걸 발견할 때까지 나는 꽃이 핀 줄도 모르고 있었다.

"돈 나무에 꽃이 피었네. 돈이 팍팍 생기겠어요."

"꽃이 피었다고? 난 못 봤는데."

나무를 살펴보니 하얗고 길쭉한 속 꽃을 감싸고 있는 연두색 꽃잎이, 녹색의 잎 사이에서 두 개나 벙글 준비를 하고 있었다. 나뭇잎이나 꽃잎이나 비슷한 녹색이니 관심 없이 겨우 물만 주는 내 눈에는 보이지 않았던 것이다. 잘 돌봐주지도 못했는데 꽃이 핀 게 대견하고 신기하기는 했지만, 돈이 굴러들어 올 거라는 기대는 하지 않았다. 사업을 하고 있지 않으니 돈하고 관련이 없고, 주식을 하거나 로또복권도 산 일이 없으니 절대로 요행수도 일어나지 않을 것이다. 그래도 돈 나무에 꽃도 피었는데 뭔가 좋은 일이 하나쯤은 있어야 하지 않을까 생각했다.

지난 연말에 캄보디아에 갔다가 1월 1일 0시에 돌아오는 비행기를 탔다. 두 시간의 시차가 있으니 한국시각으로는 새벽 2시이다. 어디쯤 날고 있을까. 저가항공의 비좁은 의자에 불편하게 앉아 졸다 깨다 하는데, 조그만 창문으로 빛이 들어오고 있었다. 붉게 물든 구름 사이에서 서서히 찬란한 빛이 드러나, 가슴에 감동이 구름처럼 뭉실뭉실 차오른다. 한 장의 멋진 장면을 위해서 창에 카메라를 대고 셔터를 수없이 눌러댔다. 사람들은 새해의 첫 번째 빛을 보기 위해 일출이 잘 보이는 산으로 바다로 찾아가는데, 나는 그보다 더 높은 하늘에서 새해 첫날 일출을 본 것이다. '무슨 좋은 일이 생기지 않을까.' 터무니없지만 기분 좋은 기대감이 생겼다.

이 글을 쓰는 10월 중순, 곰곰이 생각해보니 좋은 일이 있긴 했다. 주머니에 현금으로 들어온 건 아니지만 돈이 생긴 거나 마찬가지다.

올핸 참 많이 여행을 다녔다. 그 여러 번의 여행을 돈 많이 들이지 않고 다녔으니 돈을 번 것과 같지 않은가. 1월 1일 캄보디아에서 돌아온 후로 강릉을 두 번이나 갔었고, 산청 약초여행과 합천 해인사, 그리고 안동의 종택 순례도 다녀왔다. 참, 마이산 금당사와 논산도 다녀왔다. 국내 여행도 별로 돈 안 들이고 다녔지만, 6월에 다녀온 일본 여행과 9월에 떠났던 제주도 여행은 포상 여행이어서 완전한 공짜 여행이었다. 9월 말에 또 '대마도'엘 갔다 왔으니 올해는 길 위에서 보낸 날이 많았다. 여행이 이리도 좋으니 다소 역마살 끼가 있지 않을까 싶은 내가 돈 안 들이고 여행을 많이 했으니, 좋은 일이 많았던 것만은 사실이 아닌가.

'새해 첫날 하늘에서 일출을 보았고, 돈 나무에 꽃이 피어서 좋은 일이 많았을까' 생각하며 행복감에 젖어 있는데, 들꽃 만개한 가을 산에서 내려온 선들바람이 찌릿하게 가슴 한구석을 건드리며 기분 좋은 행복감을 안겨준다. 내 손으로 키우지 않은 자연을 보러 이 가을엔 또 어디로 떠나 볼까. (2013)

탄자니아의 바람

벌써 가을이 오려는가. 창문 너머 푸르러 진 하늘이 저만큼 높아지고, 뭉게구름이 양 떼처럼 몰려다닌다. 갓 볶은 탄자니아 원두를 갈아내어, 향 짙은 커피를 내려 집을 나선다.

여름의 끝자락, 바람이 분다. 장마철도 지나고 태풍도 비껴갔는데 무슨 때늦은 바람인가. 가만가만 부드럽게 부는 새색시 바람이 아니다. 마구 거칠게 다가와서 마초의 냄새를 풍기며 내 몸을 휘감고 어루만지며, 성긴 나뭇가지 사이를 헤집고 달아나는 바람의 꽁무니가 저리도 섹시했던가. 산수유 붉은 열매가 루비처럼 고혹적으로 빛나며 유혹해보지만 바람은 매정하게 뿌리치며 나뭇가지 사이로 달아나버린다. 후드득 산수유 몇 알 땅 위에 떨어져, 골짜기에서 흘러내려 온 시냇물 속으로 빠져버린다.

바람 부는 숲길에서 보온 컵 뚜껑을 열어 커피 향을 맡는다. 컵 속에서 향을 품고 안개처럼 피어오른 따스한 기운이, 순식간에 바람의 겨드랑이 밑을 파고들며 능선 위로 치닫는다. 커피 향을 훔쳐 간 바람은 탄자니아에서부터 구름에 얹혀 여기까지 온 걸까. 아프리카의 밀림, 커피 농장에서 빨간 생두를 어루만지고 수만 리 창공을 날아 사랑 찾아 왔는가. 발정 난 암고양이처럼 바람 따라 가버린 커피 향도 고향 탄자니아의 바람이 그리웠을 터이다.

삼릉 숲길을 돌아 성종의 첫째 왕비였던 공혜왕후의 순릉 정자각 돌난간에 걸터앉았다. 권력의 정점에 있던 아버지 한명회의 후광으로 왕비가 되었으나, 후사 없이 일찍 죽은 불운의 왕비. 왕비였지만 홀로 묻혀 있는 공혜왕후의 능침이 정자각 제향 공간 사이로 쓸쓸히 올려다보인다. 성종은 계비 정현왕후와 멀리 선정릉에 묻혀 있으니 그녀의 영혼은 늘 외로웠으리. 왕의 영혼도 가끔은 탄자니아의 바람처럼 왕비를 찾아 먼 하늘을 돌아 여기까지 왔었을까. 나뭇잎 무성한 순릉의 숲, 거기 어둑신한 그늘 아래서 외로운 날들을 서성였을 열아홉 꽃 같은 왕비여~.

커피 향을 훔쳐 달아나다 떨어진 한 줌 바람이 컵 속에 구름처럼 떠 있다. 커피에 바람을 섞어 깊고 그윽한 그리움을 마신다. 모든 것이 다 그리워지는 계절 가을이 오고 있다.

(2014)

흔들리며 사는 것

흔들이

지금은 아파트 숲으로 변한 고양시 탄현동이, 내가 어렸을 땐 나무와 풀이 울울창창하던 두메산골이었다. 낮은 뒷동산 아래 대여섯 채의 집이 옹기종기 머리를 맞대고 있는 산골마을은 대문을 나서면 바깥마당에 이어진 텃밭에 푸른 어깨를 드러낸 무의 청청한 잎사귀가 바람에 살랑거리며 흔들리던 곳이다. 무밭 건너 개울에는 햇빛에 찰랑대는 물 위로 소금쟁이와 물방개가 헤엄치고, 송사리 떼 몰려다니는 돌 밑으로 가재가 어슬렁대던 곳, 그곳에 외가가 있었다.

외가 마을 앞, 개울에 놓인 징검다리를 건너면 앞산 자락 아래까지 산골 마을의 논이 펼쳐져 있다. 거기 허리까지 올라온 벼 포기 사이 논둑길에 한 남자가 산골 풍경처럼 서 있다. 산골은 정물화처럼 조용하고 움직임이 없어 나른한 풍경 같지만, 자연은 쉼 없이 분주하고 소란스럽다. 그림 속 허수아비처럼 서 있는 그 남자의 손도 쉼 없이 움직인다. 바람에 건들대는 풀잎처럼 흔들거리는 손, 그 손은 그의 의식의 세계에 속하지 않는 것 같다. 외가 마을 대여섯 채의 집중에 맨 위쪽에 가족들과 살고 있는 그는 자주 들길에 나와 서성거렸다. 말없이 서서 손만 떨고 있는 남자. 어쩌다 더듬거리는 말을 들은 것도 같지만 어렸을 적 일이라 그것도 정확한 기억인지 알 수 없다. 어른들은 보이는 현상대로 이름 붙여서, 해 잘 드는 마을을 '양지말'이라 부르고 곰처럼 생긴 돌을 '곰바위'라고 한다. 그처럼 손을 떠는 그를 마을 사람들은 '흔들이'라고 했는데, 어린 우리들도 그에게 어른들 말투를 흉내 내며 흔들이라고 불렀다.

병으로 온몸을 떨거나 손이나 발이 흔들려 일상생활이 어려운 사람들에 대한 방송을 본 적이 있다. 현대의학으로 손이나 몸을 떠는 것이 어떤 병의 증세인 줄 그제야 알게 되었지만, 내 나이 고작 여덟 살 무렵, 손을 떠는 그 남자를 이해하지 못했다. 생각해보니 그에게도 이름이 있었을 텐데, 몇 년 후 세상을 떠날 때까지 그는 '흔들이'라는 이름으로 살았다. 내 기억 속의 그는 손을 떨며 논둑길에, 혹은 마을 고샅길에 서 있는 나무처럼 남아있다.

흔들리는 다리, 흔들리는 마음

가을의 초입, 방송에서는 태풍 '볼라벤'이 떠나고 연이어 '산바'가 다가오고 있다고 수시로 보도했다. '산바'가 한반도에 상륙하여 지나갈 거라 예상되는 지역, 바로 그 '태풍의 눈'을 향해 1박 2일의 단체여행을 떠났다. 단체의 책임을 져야 하는 나는 떠나기 전에 '가도 될까, 위험할 텐데 가지 말까' 갈팡질팡 마음이 흔들렸다. 그러나 계획된 단체여행이어서 미룰 수 없기도 했지만, '설마 괜찮겠지' 하고 요행을 바라는 마음으로 길을 떠났다. 다행히 '태풍의 눈'이라던 여행지에는 비가 내렸다 그쳤다 하였고, 태풍도 방송에서 큰일 날듯이 요란하게 주의를 시키던 것처럼 거세지 않았다. 일행은 태풍이 비켜 지나간 것에 감사하며 여행의 즐거움으로 들떴다. 그러나 조심성이 부족한 내가 좋거나 다행한 것에는 마가 낄 수 있다는 '호사다마(好事多魔)'를 깜빡 잊고 주의를 하지 않은 게 탈이었을까.

첫날 일정을 마치고 일행은 그날 묵을 숙소를 향해, 물이 흐르는 개울 위쪽 어둑신한 숲길을 걸어 들어가고 있었다. 저만치 숙소가 보이는데, 그 숲속 어딘가에서 검은 그림자의 그 무엇이 우리를 기다리고 있었던 걸까. 방심하고 교만하기까지 한 인간을 혼내주려던 검은 그림자는, 여러 사람 중에서 내 다리를 낚아챘다. 미끄러지고 있다는 것을 감지하지도 못할 찰나의 순간, 이미 내 엉덩이와 등짝은 진흙 바닥에 누워 있었다. 부축을 받으며 간신히 일어났으나 발목이 아파 걸을 수가 없었다. 간신히 숙소에 들어와 찜질을 하는 등 응급조치를 해봤지만 그렇게 해서 나을 상황이 아니었다. 일행의 걱정을 뒤로하고 산골 오지에서 택시로 40분이나 걸려 찾아간 병원에서, 금이 간 발목에 반깁스를 하고 목발을 짚어야 했다. 그래도 엉덩이뼈나 허리를 다치지 않은 게 얼마나 다행한 일이냐며 모두들 위로해주었고, 나도 감사한 마음을 가졌다.

다음날 꼭 필요한 경우에만 목발을 짚고 부축을 받으며 버스를 오르내릴 뿐, 두 다리가 튼튼해야 할 수 있는 유적지 답사는 포기할 수밖에 없었다. 버스에 홀로 있으려니 남들이 보러 간 역사 유적지가 궁금하고 답답하기 짝이 없었다. 슬그머니 원망하는 마음이 머리를 쳐든다. 할 일 없이 앉아 '이왕 다칠 거면 팔이나 다치지 하필 다리를 다쳐서 걷지를 못하다니' 하며 투덜댔다. 이런 참으로 간사한 게 인간이라더니 내가 꼭 그 꼴이다. 엉치나 허리를 다치지 않은 게 다행이라고 한 지 얼마나 됐다고 그새 마음이 가벼이 흔들려 딴소리를 하고 있는 게 아닌가.

여행에서 돌아와 집에서 가까운 정형외과에 가서 통깁스를 했다. 한 일주일이면 조금 편해질 거라던 의사의 말과는 달리, 열흘이 지나도 발은 계속 부어 있고 아픈 것도 낫지 않았다. 한 달을 집에서 꼼작하지 못한다니 기가 막혔지만, 한 달간의 모든 일들을 취소하거나 뒤로 미룰 수밖에 없었다.

그동안 거의 바깥출입을 하지 않았지만, 병원에 갈 때와 답답함을 못 이기고 외출할 때는 목발을 짚고 나가야 했다. 어쩌다 사용해보는 목발 짚기는 서툴러서 넘어질 듯 위태로웠다. 두 발로 걷던 것을 세 발로 걷는 데도 걸음은 더디고 몇십 발작도 못가서 숨이 턱에 차고, 땅을 딛지 못하는 오른발은 힘없이 허공에서 흔들리고 있다. 흔들린다는 것은 고정되지 못한 불안정함이다. 두 발을 대지에 굳게 디딜 때까지 나의 한발은 성한 다리와 두 개의 알루미늄 다리 사이에서 흔들거리고 있어야 한다. 걸음마를 시작한 이래 이렇게 오래 안 걸어본 적이 또 있었던가. 내 몸의 소중함을 절실히 깨닫는다.

이제 와 생각해보니 그 숲엔 여름내 쌓인 고운 먼지 위에 부스러진 나뭇잎들이 얹혀 있었고, 그 위에 빗물이 고여 있었다. 나는 그날 그 숲을 지나갔으며 빗물과 나뭇잎을 밟고 넘어진 일로 그 숲과 하나가 되어 누워버린 것이다. 그 일로 인간은 자연을 지배하며 사는 만물의 영장이 아니라 자연 속에 동화되어 살아가는 자연의 일부라는 것을 다시 깨닫는다.

세상엔 병이나 사고로 반듯하게 서 있지 못하고 흔들려야 하는 경우가 많다. 그러나 흔들리는 게 어디 몸뿐이겠는가. 살다 보면 하루에도 몇 번씩 갈팡질팡 마음에 번뇌가 이는 게 인간인 것을.

(2013, 한국수필)

칠간다리 아래 청보리밭

절대 안 떠날 것처럼 오래 버텨온 집을 떠나 아파트로 이사를 하였다. 이사한 후에는 새집에 정이 붙지 않아 우울하게 지냈다. 밖에 나가 있는 동안에는 잊고 있다가 엘리베이터의 13층 숫자를 누르는 순간, 미세한 파장이 파르르 가슴을 스치며 불안하고 답답했다. 한동안 그렇게 지내다가 이래서는 안 되겠다 싶어 창문을 활짝 열어 맑은 공기를 집 안으로 들였다. 아파트 바로 아래 공릉천 변의 물살이 유유히 흐르고, 우울의 늪 속에서 허우적거릴 때는 보이지 않던 풍경이 펼쳐져 있었다.

아파트 아래쪽에서 약간 옆으로 비켜선 다리 위로 일산과 서울로 가는 교차로가 어지러이 엉켜 있고, 차들이 쉴 새 없이 오가는 옆 경의선 철교에 전철이 지나가고 있다. 경의선 기차가 다녔던 철교는 양쪽으로 14개의 교각이 있던 '칠간다리'로 전철이 운행되면서 새로운 철교를 놓아 지금은 교각만 남아있다.

아홉 살 어린 시절, 기찻길을 따라 어머니와 일산 외갓집엘 가며 칠간다리를 건너갔던 기억이 어제 일처럼 생생하다. 철교 아래로 흐르는 강물이 무섭고 어지러워 아래를 보지 않으려고 앞만 노려보고 건너는데, 철교 틈 사이로 빠질 것만 같아 작은 다리로 건너는 게 쉽지 않았다. 아직도 남아있는 그때의 기억을 떠올려보면 물이 까마득히 내려다보이는 다리를 건너는 것은 오금이 저리는 쩌릿한 공포였다. 뒤에서 나를 보호하며 철교를 건너던 어머니의 모습과 단발머리의 나와 칠간다리가 아직도 선명하게 기억에 남아있다. 어릴 때 철교 위에서 내려다보던 샛강은, 지금은 물이 줄어 발 벗고 들어가도 겨우 발목만 적실 정도이다. 그래도 철거하지 않고 남겨 둔 옛 '칠간다리'가 있어서 오랜 세월 너머 어린 시절을 추억한다.

13층에서 내려다보이는 '칠간다리' 아래로 청보리밭이 길게 늘어 서 있다. 청보리는 겨우내 땅속에서 싹을 틔우고 지금은 가슬가슬한 수염을 달고 누렇게 익을 날을 기다리고 있다. 보리밭 이랑 옆으로 난 산책길을 따라 사람들이 걷는 게 보이고, 자전거는 바람을 가르며 시원스레 강둑길을 달린다. 공릉천 변을 따라 줄지어 선 청보리의 푸르디푸른 이삭이 바람에 휘둘리며 너울너울 춤을 추고 있다. 보리는 동사무소에서 심어놓은 것으로, 해마다 보리를 벨 때면 칠간다리 아래서 보리축제가 열린다. 다리 아래 샛강은 조선 영조 때부터 공릉천으로 불리던 곳으로, 청보리밭에 물을 대주고 있는 생명줄이다.

밤이 되니 강물에 뿌리를 적시고 매일 한 뼘씩 자라는 청보리밭 위 교차로에, 무수한 가로등 불빛이 지상으로 내려와 앉은 별빛처럼 반짝인다. 밤기차가 하늘 위 은하수를 건너는 것처럼, 가로등 불빛 사이를 지나 긴 꼬리를 감추며 사라지고 있다.

아침나절 창가 난간에 기대어 서서 보리밭을 내려다보고 있으려니, 다리 아래 실하게 늘어선 보리 이삭들이 하늘을 향해 까칠한 수염을 흔들며 빛과 바람을 온몸으로 받아 안고 있다. 어린 백로 서너 마리가 물속에 부리를 박고 먹이를 찾고 있다. 집을 나서 샛강 산책로를 따라 걷는다.

샛강

샛강 옆 산책길
강물 위로 바람 불어와
물살에 비친 햇빛이 흔들리며
유리알처럼 반짝인다
헐렁한 티셔츠 속으로
살며시 들어와
가슴을 애무하고 달아나는
청량한 바람 한 점

(2009)

* 내 추억 속의 그리운 '칠간다리'는 이 글을 쓰고 몇 년 후 철거되었다. 어느 날 산책길에 나섰다가 철교 아래가 휑하니 허전하여 자세히 보니 '칠간다리'가 사라지고 없었다. 그때의 허전함과 실망감을 말로는 다 표현할 수 없다. 그냥 두어도 아무 문제 없는데 왜 없앴을까. 옛것을 하찮게 여기는 행정이 야속했다.

소나무 향기

오솔길 산책로에 가을이 되니 여기저기서 밤과 도토리가 경쾌한 소리를 내며 떨어진다. 저만치서 작은 다람쥐 한 마리가 열매를 까먹다 사람의 발소리에 놀라 '쪼르르' 달아나기도 하는 숲속에는 나무 냄새와 축축한 흙에서 이끼 냄새가 난다.

숲에서는 나무나 풀의 가지각색 모양과 색깔로 즐거움을 느끼며, 바람에 흔들리며 내는 마른 잎의 소리, 발밑에서 느껴지는 부드러운 흙의 감촉까지 느낄 수 있다. 나무들이 박테리아나 해충으로부터 자신을 보호하기 위해 뿜어내는 피톤치드는 살균작용을 하고 몸을 맑게 정화시켜주는데, 그중에 대표적인 것이 소나무와 같은 침엽수에서 많이 발생하는 '테르텐'

이다. 소나무는 뿌리부터 솔잎과 솔방울까지 향기를 지니고 있어 나무가 내 뿜는 향기 중에서도 특히 진하다.

어렸을 땐 방학이 되면 외가에 가서 지냈다. 외삼촌은 나를 뒷동산에 데리고 올라가 그해에 새로 돋아 난 소나무 가지를 잘라 겉껍질을 벗기고 먹어보라고 하였다. 외삼촌이 시키는 대로 속껍질을 벗겨서 입에 넣고 씹어 달콤한 물만 삼키고 섬유질은 뱉어냈다. 입안에서 소나무 가지 하얀 속살에서 나온 물기가 달콤하고 향기로웠다. 식량이 부족했던 때는 소나무 속껍질을 벗겨 먹으며 굶주림을 견뎌내기도 했던 구황식품이라고 한다. 외갓집 아궁이에서 '탁탁' 소리를 내며 타던 소나무 가지와 솔잎의 냄새를 잊을 수 없어 지금도 지나다가 소나무 장작 쌓아 놓은 것을 보면 냄새를 맡아보게 된다.

지난여름에 큰딸 가족과 울진의 소나무 휴양림으로 여행을 갔었다. 울진에 들어서자 산이란 산에는 다른 나무는 없고, 사방 어디를 둘러보아도 지금까지 그렇게 많은 소나무를 본 적이 없는 소나무 일색이었다. 그날 밤 통나무집 펜션에서 묵었는데, 하룻밤이었지만 자고 나니 몸도 기분도 상쾌했다.

다음날 산책을 하다가 휴양림 안에 관솔 공예품을 전시해놓고 판매하는 곳이 있어서 들어가 보았다. 기묘한 모양의 공예품들을 두루 살펴보고 있는데, 주인 남자가 향기가 좋은 차라며 마셔보라고 권한다. 우리는 솔향이 가득한 소나무 관솔 공예 전시장에서 커다란 통나무 탁자에 앉아 향을 맡으며 차를 마셨다. 그는 관솔로 공예품을 만드는 사람으로, 우리가 차를 마시는 동안 친절하게 전시장 안의 공예품을 설명해주었다. 소나무를 잘라 만든 나무 받침에 토기로 만든 찻잔에 차를 담아내었는데, 나는 나오기 전에 똑같은 찻잔과 받침을 사 들었다.

관솔은 소나무의 옹이 부분이나 가지에 송진이 흘러나와 엉겨 붙은 것으로 옛날에는 횃불을 피우는 데 쓰이기도 했다. 옹이의 자연적인 문양이 아름다워 공예품을 만들기 적당하기도 하고 단단하여 잘 썩지 않는 장점이 있다고 한다. 공예가는 휴양객이 잘 오지 않는 철에는, 좋은 관솔을 구하러 전국의 산을 찾아다닌다고 했다. 고사한 소나무가 자연 상태에서 오랜 시간 동안 풍상에 썩으면 옹이 부분만 남게 되는데, 그것을 취해오는 것이다. 그의 작품 중에는 천장에 닿을 만큼 큰 것도 있고 도장처럼 작은 것도 있었다. 둘러보는 내 눈길이 '황장봉'이라고 쓰여 있는 관목에 닿았다. 관목의 중심부가 누런색이 나는 황장봉은 오래 묵을수록 황색이 짙어진다고 한다.

돌아오는 날 '소광리'의 금강송 군락지엘 가보려고 찾아

가다가, 비포장도로이고 산길이 험하여 포기하고 발길을 돌리고 말았다. 산마다 소나무인데 '군락지'라니 얼마나 더 좋은 소나무가 있는지 궁금했다. 금강송은 껍질이 육각형으로 갈라져 있고, 유연한 뒤틀림이 아름답다는데 언제 한번 다시 가보고 싶다.

그때 사온 소나무 차받침은 차를 마실 때도 사용하지만, 차를 마시지 않을 때도 책상 위에 가까이 두고 솔향기를 맡는다.

(2003)

마장호수 흔들다리에 가면

중국에서 시작된 '코로나19'가 전 세계로 퍼지며 뉴스는 사람들을 연일 불안에 떨게 했다. 2월부터는 하던 일도 중단되었고, 밖에 나가는 것도 무서워 집에 들어앉아 있은 지도 두 달이 넘어간다. 집단 감염으로 매일 확진자가 늘어나던 때는 불안을 넘어 공포감까지 들었다. 엘리베이터에 같이 탄 사람에게서 전염되었다거나, 식당 옆자리에 앉았다가 전염되었다고도 하고, 확진자와 대중교통을 같이 탔다가 전염되었다고 하는 뉴스를 보면서, 집 밖으로 한 발짝만 나가도 큰일 날 것 같았다. 그러니 외출이라곤 마스크로 완전 무장하고 일주일에 한 번 마트에 가는 게 전부였다.

마트에서 생필품을 사서 배달을 시켜놓고 돌아와, 소파에 앉아있다가 노곤함에 깜빡 잠이 들었나 보다. 물건을 가져온 배달원이 초인종을 눌러도 안 열어주니까 주먹으로 문을 쾅쾅 두드리는 소리에 깨었다. 초인종과 문 두드리는 소리를 어서 멈추게 해야 한다는 생각에 마스크를 쓸 사이도 없이 정신없이 문을 열자, 배달원은 내가 미처 비켜서기도 전에 내 얼굴 앞으로 물건을 쑤욱 디밀어 넣고 가버렸다. 배달원이 돌아간 후, 갑자기 그가 마스크를 쓰고 있었는지 안 쓰고 있었는지 생각이 나지 않아 불안해졌다. 공연히 열이 나는 것 같기도 하고, 재채기만 나와도 걱정이 되는 게 며칠 동안 불안한 마음으로 지냈다. 혼자 있으니 할 일도 별로 없고, 사람이라곤 TV에서나 볼 수 있으니 기약 없는 이 상태가 계속되었다간 바이러스가 아니라 걱정으로 생병이 날 것만 같다.

집에만 있는 것이 이렇게 힘든 일인가. 사회적 동물인 인간이 사회활동을 못 하게 되면 어떻게 되는지, 나 스스로 임상실험이라도 하고 있는 것만 같다. 코로나19 뉴스와 눈싸움이라도 하듯 TV를 보고 있는데, 신문기자인 친구가 집에만 있으면 답답할 텐데 취재하는데 같이 가자고 전화를 해왔다.

그의 차를 타고 시내를 벗어나 외곽도로를 따라 시원스레

달렸다. 막혀있던 가슴속 답답함이 이제 막 피어 올라오기 시작하는 봄기운에 싹 날아가 버리는 것 같았다. 임진강 변을 따라 파주의 북쪽 끝, 적성의 영국군 묘에서 내려 잠깐 쉬었다가 다시 차를 달려 마장호수로 갔다. 차들로 꽉 차 있던 주차장에 빈자리가 많아 주차하기는 쉬웠지만, 돈을 써야 할 사람들이 오지 않으니 호수 부근의 식당과 카페들이 걱정이다.

전망대에서 흔들다리로 내려가려니 마스크를 쓰고 다리를 건너는 사람들이 더러 보인다. 다리에 올라가 한발 두발 내딛는데 몸이 좌우로 흔들려 난간 손잡이를 잡고 걸었다. 다리 중간쯤 유리 바닥 10m 아래로, 햇빛에 반사되어 은빛으로 찰랑거리는 물결이 보인다. 222m 길이의 긴 다리를 건너며 긴장이 되면서도, 기분 좋은 흔들림으로 가슴이 짜릿하다. 다리 끝까지 가면 관찰 테마 공간이 있어 그곳에서 호수 전체를 조망할 수 있다. 호수 위쪽에 기산저수지로 넘어가는 길이 나른하게 늘어져 있고, 맞은편으로 고령산 앵무봉이 수려하게 앉아 있다.

호수 주위 둘레 길에 사람들이 느릿느릿 산책을 하고 있는 모습이 보이기에 우리도 다리에서 내려와 호수 주위를 걸었다. 둘레길은 호수의 생김새 따라 구불구불 땅으로 이어지고, 물 위에 놓인 데크길로 이어진다. 데크로드는 흔들다리가 생기기 오래전부터 있던 것으로, 전에도 자주 찾아와 산책을 하던 곳이다. 산으로 둘러싸인 호수에 산 그림자가 들어앉아 있고, 바람에 흔들리는 물결 따라 나무 그림자가 일렁인다. 데크 난간에 기대서서 물 위에 떠다니는 대여섯 마리의 오리와 부지런히 오리를 따라 헤엄치고 있는 원앙 한 쌍을 본다. 새들은 같은 종끼리만 어울리는 줄 알았는데, 드넓은 호수에서 두 마리밖에 없는 원앙새 부부는 외로워서일까 아니면 보호자가 필요해서일까. 오리들을 졸졸 따라다니고 있다. 오리와 원앙 한 쌍은 이제 마장호수의 명물이 되어 사람들의 관심과 사랑을 듬뿍 받고 있다. 마장호수는 본래 1980년대에 저수지로 조성한 것이었는데, 농업용으로서의 쓰임이 줄어들게 되어 지금은 호수로 이름을 바꾸고 호수와 저수지 기능을 같이하고 있다.

흔들다리 옆 전망대 카페에 들어갔다. 차를 마시고 나서 친구가 신문에 실을 기사를 쓰기 위해 카페 주인과 인터뷰 하는 동안 실내를 둘러보았다. 이곳도 코로나19 여파로 우리 외에 두 팀의 손님밖에 없었다. 외관이 타원형인 전망대 생김대로 카페도 각이 없는 타원형이다. 실내는 남산의 서울타워 회

전레스토랑처럼, 테이블과 의자가 창문 쪽으로 둥글게 배치되어 있어 호수 전체를 바라볼 수 있다. 카페 중앙 넓은 벽면에는 일러스트로 그린 그림이 정겹게 펼쳐져 있는데, 그림 속에는 호수가 위치해 있는 마을 이름 광탄(廣灘)을 한글로 풀어쓴 '넓은 여울'이란 글자가 그림으로 아름답게 표현되어 있어 눈길을 끈다.

마장호수 흔들다리와 호수 둘레길을 거닐고 한잔의 커피로 감성을 더하고 나니, 코로나19에 갇혀 지내던 답답함이 사라져버린 듯 상쾌하다. (2020, 창작산맥)

내 젊은 날의 초상

"세상에나~"

한순간 시선이 정지된다.

"내 청춘이 이렇게 어여쁜 모습이었네."

사진 속 내 모습에 홀려서 한참을 들여다보다가, 상자 속에 차곡차곡 눌려 있던 사진들을 꺼내놓자 지난 세월이 화들짝 공기 속으로 흩어진다. 바닥에 펼쳐진 사진 속에는, 세월 저 너머에 있는 젊은 여자와 그의 동인들이 온갖 멋을 내며 해맑게 웃고 있다.

30여 년간의 파주문학회 역사를 한눈에 볼 수 있게 인터넷 카페에 정리해두려는 참이다. 파주문학회는 1989년부터 시작했고, 인터넷 카페는 2005년에 만들었다. 디지털카메라가 보급되고부터는 동인지 출간기념회와 문학기행, 또는 동인들의 일상의 모습을 그때그때 바로 카페에 저장해두었지만, 그 이전의 사진은 모두 종이 사진으로 상자 속에 넣어둔 채 잊고 지냈다.

마구 뒤 섞여 있는 사진을 순서대로 정리하려니 시간이 오래 걸린다. 사진을 들여다보며 언제 적 무슨 행사였는지, 몇 년도에 어디로 갔던 문학기행이었는지 기억을 더듬는다. 동인지 출간기념식에서 축제처럼 춤추고 노래하던 장면 등 수많은 사진 중에서 비슷한 사진은 골라내고 필요한 것만 추렸는데도 3백여 장이나 되었다. 그렇게 정리한 사진을 디지털카메라로 다시 찍는다. 스캔하면 간단하지만, 스캐너가 없으니 어쩌겠나. 잘 나온 사진이 필요한 게 아니고, 역사를 기록해두려는 것이니 이렇게라도 할 수밖에 없다.

사진을 정리하고 찍으면서 한동안 팔팔한 젊음에 빠져 지냈다.

"조 개미허리 좀 봐."

"에고~ 저 날렵한 턱선 좀 봐."

돼지허리인지 드럼통인지 알 수 없는 지금의 모습에 비하면 기가 막히게 예뻐 보여서 자꾸만 중얼거린다. 팔팔한 젊음이라고 했지만 사진 속 모습은 20대도 아니고 30대도 아닌 40대로 예전 같으면 중년이라고 부를 나이다. 하지만 이 나이가 되고 보니 그때가 푸르렀던 날들이다. 새싹 돋는 이른 봄이 지나고, 막 봄에서 여름으로 가려는 계절, 꽃이 만발하고 풀이 무성해지려는 때이다. 튼튼한 몸과 탱탱한 피부와 번쩍이는 광채로 타오르던 눈빛을 가진 젊음은 없지만, 미숙함을 벗어버린 안정된 모습이다. 사랑이나 이상이 어찌 청춘에게만 있겠는가. 청춘에서 조금 비켜났다고 사랑도 꿈도 욕망도 사라진 건 아니다. 마흔 살이었던 그때도 자연이 주는 감성에 흔들리며 하늘과 구름과 바람, 숲에서 들려오는 풀벌레 소리의 열락에 떨렸었다. 아니, 지금도 여전히 두근대는 가슴으로 산다.

동화 『잠자는 숲속의 공주』에서 요정의 마술에 걸린 공주가 탑 속에서 잠이 들자, 성 안의 모든 사람과 동물 새와 나무와 풀까지 잠이 들었다. 어느 날 이웃 나라 왕자가 찾아와 공주의 입술에 키스를 하자 공주와 함께 만물이 깨어났다. 동화처럼 지금 내 무릎 위에 놓인 상자 속에서도 마술이 벌어지고 있다. 오랫동안 갇혀 있던 세월이 화르르 깨어나 내 머릿속에 동영상으로 재현되고 있는 것이다.

옛날이 그리운 건 자꾸만 달아나는 세월이 아쉬워서 일 터이다. 시인 박인환의 「세월이 가면」을 노래하노라면 저만치 밀쳐두었던 외로움이 어느 결에 슬그머니 옆에 와 있는 듯 쓸쓸함에 젖는다. 시인은 "사랑하는 이의 이름은 잊었지만, 그 눈동자 그 입술은 가슴에 남아있다"고 했다. 그의 가슴에 남은 순결했던 청춘의 기억. "나뭇잎에 덮여서 흙으로 사라진 사랑이지만, 저 유리창 밖 가로등 그늘의 밤을 잊지 못한다." 그가 그리워한 건, 눈동자와 입술과 가로등 밑 그늘의 밤으로 상징되는, 사라지는 청춘의 어느 한때였으리.

사진 속 젊은 날의 사람들, 판타지 영화 속에서라면 몇 세대를 뛰어 내려가 만날 수 있겠지만, 현실에서 우주의 질서는 정해진 이치에서 거스를 수 없으니 우주의 법칙대로 살 일이다. 『리듬 분석』의 작가 '앙리 르페브르'는 그의 글에서 "계단은 단순히 A 공간에서 B 공간을 연결하는 것만이 아니라, 각기 다른 시간과 리듬을 연결해주는 미디어이다. 계단은 하나의 리듬에서 또 다른 리듬으로 옮아가는 통로이자 서로 다른 리듬들이 전환되는 컨버터이기도 하다"라고 했다. 나이를 먹어 가는 것도 계단을 오르는 과정으로 보면, 한 세대에서 다른 세대로 한 계단 뛰어오를 때마다, 각기 다른 시간과 시간 사이를 리드미컬하게 넘어갈 수 있지 않을까. 빠르게 달아나는 세월이 아쉬워지는 요즈음이다.

인터넷 카페에서 파주문학회 역사를 연대순으로 정리하는 동안, 작업하는 시간엔 꼼짝없이 과거에 사로잡혀 살았다. 나갈 일이 있어서 머리를 손질하거나 화장을 할 때 외에는 환상에서 깨어나지 않으려 거울도 보지 않았다.

드디어 작업이 끝난 날, 과거로의 시간 여행에서 돌아와 세월의 흔적이 서린 거울 속의 나를 들여다본다.

(2018)

3

바 림

민화의 색칠하기는, 한쪽은 짙게 하고 다른 쪽으로 갈수록 차츰 엷게 나타나도록 해야 한다. 색과 색의 경계에 물을 바르고 마르기 전에 물감을 먹인 붓을 대면, 자연스럽게 번지면서 흐릿하고 깊이 있는 색이 살아나 두 색이 무리 없이 어우러지게 하는 기법이다. 그림에 색을 입히는 데도 서로 다른 색을 어우러지게 하는 것이 어려운데, 서로 다른 인종이 무리 없이 섞이기가 쉽지 않았을 것이다.

바림

'쟈니'와 '토니' 형제를 만난 것은 30여 년 전 운영하던 음악다방에서였다. 정치권에서 언론기관을 정비하던 시기여서 남편이 다니던 신문사도 문을 닫게 되어 직업을 잃은 남편은 파주에서 음악다방을 열었다. 그때는 젊은이들을 위한 오락시설이 당구장이나 탁구장이 고작이었던 때라, 열정을 풀어 놓을 공간을 찾아온 젊은이들로 저녁이면 넓은 실내에 빈자리가 없을 정도였다. 그곳에 드나들던 젊은이들 중에 쟈니와 토니 형제가 있었다.

그들 형제는 혼혈인이다. 그때 이미 20대 중반을 넘긴 성인이었지만, 중학교 학력으로는 원하는 일을 얻지 못하여 건

설 현장에서 막노동을 하고 있었다. 그들은 저녁이 되면 친구들을 만나기도 하고 음악을 듣기 위해 다방에 들르곤 하였다. 미군이었던 그들의 아버지는 미국으로 돌아가고 어머니와 살고 있었는데, 혼혈인으로 살아가기 힘든 한국에서 왜 아버지를 따라가지 않았을까 궁금했다. 나중에 그들의 친구에게 들은 얘기로는 어머니가 아들들과 살기 원했기 때문이라 하였다. 투명한 물속에 아무리 잘 스며들어도 검은색이 주는 이질감을 감출 수가 없는데, 그들도 어머니와 같이 살면서 고아가 되는 것은 면했지만 검은 피부와 커다란 키는 숨길 수 없었을 것이다. 놀림을 받고 자랐어도 어머니와 같이 살 수 있는 것이 더 행복한 편이었을까.

그 시절 기지촌에는 혼혈인들이 꽤 있었는데, 왜 그런지 백인 혼혈인보다 흑인 혼혈인이 더 많았고 그들 형제도 흑인 혼혈이었다. 철없는 어린 것들은 피부색이 다른 친구들을 놀리고 괴롭혔다. 어른들의 편견이 은연중에 아이들의 의식에도 영향을 미쳤기 때문일 것이다. 전쟁이 끝나고 나라 전체가 어수선하고 가난하던 어린 시절, 마을 부근에는 미군 부대가 많이 있었다. 그 시절 피난민과 미군 부대를 따라 직업을 찾아온 사람들로 산골이었던 그곳은 도시처럼 북적였다. 우리 집 이웃에도 혼혈인 여자아이가 어머니와 살고 있었는데, 사내 녀석들은 그 애를 보기만 하면 짓궂게 놀려서 울며 집으로 돌아가곤 하였다. 나는 같이 놀려대진 않았지만, 개구쟁이 사내 녀석들을 말리지 못하고 편치 않은 마음으로 그냥 바라보기만 했다. 기지촌의 혼혈아들은 거의 다 차별을 덜 받는 미국으로 입양돼 가는 추세여서 결국에는 그 애도 미국으로 떠나고 말았다. 어쩌다 그 애 생각이 나면 마음에 갚지 못할 빚 하나 지고 있는 듯하다.

얼마 전부터 민화를 배우기 시작했다. 한지에 연꽃을 그리고 연못 속의 잉어와 백조의 밑그림에 물감을 칠하는 것부터 시작했다. 칠을 한 번만 하는 것이 아니고 처음엔 엷게 칠하고 마른 후에 다시 진한 색을 칠하는 과정에서 연잎의 가운데 부분은 초록색으로, 잎의 가장자리 부분은 누렇게 뜬 색으로 처리해야 한다. 초록과 갈색의 경계를 부드럽게 이어야 하고, 잉어의 등과 배의 색깔도 서로 스며들 듯해야 한다. 배울수록 어려운 민화의 색칠하기는, 한쪽은 짙게 하고 다른 쪽으로 갈수록 차츰 엷게 나타나도록 해야 하는 것이 쉽지 않았다. 색과 색의 경계에 물을 바르고 마르기 전에 물감을 먹인 붓을 대면, 자연스럽게 번지면서 흐릿하고 깊이 있는 색이 살아나 두 색이 무리 없이 어우러지게 하는 기법이다. 이렇게 칠하는 것을 '바림'이라 하고 그렇게 칠하는 작업을 '바림질'이라고 한다. 바림질은 밑 물이 많이 발리면 물을 따라 그림의 바깥쪽으로 색이 번져 나가고, 물이 덜 발리면 색이 강하여 표가 나고 만다. 그림에 색을 입히는 데도 서로 다른 색을 어우러지게 하는 것이 어려워 여러 번의 노력이 필요한데, 서로 다른 인종이 한데 어울려 무리 없이 섞이는 것이 쉽지 않았을 것이다.

그림을 배우면서 생각해보니 그때의 '쟈니'와 '토니' 형제도 단일민족이라는 자부심으로 유난히 배타적인 이 땅에 살면서, 황색의 피부와 어우러지기 위해서 수 없는 바림질을 했을 것이다. 피부색은 달랐지만, 그들이 살아가는 방식이나 행동으로 보아, 그들 정서의 색깔만은 한국인임에 틀림없었다. 두 형제의 한국인 되기 바림질이 제대로 되어서였을까. 외롭고 힘들게 자라난 그들에게 어른이 되어 철이든 친구들은 어릴 적 개구쟁이가 아니라, 서로 위로해주는 친구가 되어있었다. 친구들과 찻잔을 앞에 놓고 음악을 들으며, 서로 고민을 들어주기도 하고 정담을 나누고 있는 그들에게 피부색은 전혀 장애가 되지 않았다.

지금은 그때로부터 30여 년이 지나 그들 형제도 50을 훌쩍 넘긴 나이가 되어있을 텐데, 지금은 어디서 무얼 하고 있을까. 그때 동생 '토니'는 기회가 되면 미국으로 아버지를 찾아 갈 것이라고 했었는데, 한국에서 살아온 것처럼 그곳에서도 잘 정착했을 것이라 생각한다. 지금은 그때보다 더 많은 외국인들이 한국을 찾아와 둥지를 틀고 있다. 이제는 그들을 외국인이라 말하지 않고 다문화가정이라고 하며 단일민족이라는 틀에서 인식의 전환을 하려 한다.

이 나라에 안정적으로 정착하기 위해 섬세하고 까다로운 바림질을 익혔을 그들처럼, 나도 생소한 민화를 배우며 바림질을 익히고 있다. (2009, 한국수필, 화제의 작가. 2009, 선수필)

차별에 대하여

유교적 사상을 갑옷처럼 두르고 살던 조선시대에 양반 가문에서, 정실부인에게서 태어나지 못한 서자 서녀들의 서러운 인생은 평민 집안에서 태어난 것만도 못한 처지였다. 홍길동이 “아버지를 아버지라 부르지 못하고 형을 형이라 부르지 못했다”는 말은 서자의 비애를 이르는 가장 적절한 표현일 것이다. 그래도 서자일 경우는 서얼보다는 나은 편인데, 중인의 여인이나 양반의 서녀가 측실이나 후실로 들어가 낳은 자식은 서자이고, 양반이 노비나 천민에게서 낳은 자식을 서얼이라 했다. 조선시대엔 어머니의 신분을 따르는 종모법으로, 천첩 소생의 얼자는 노비가 되었다. 여성일 경우에는 차별이 더욱 심하여 서녀는 기생이 되거나 혼인을 하더라도 양반집 측실이나 후실로 들어가야만 했다.

성리학의 대가로 불리는 율곡은 정실부인 노씨가 오랫동안 아이를 갖지 못하자 양반의 서녀를 부실로 얻어 39세에 첫 아이를 얻어 2남 1녀를 낳았다. 측실이 낳은 율곡의 딸도 김장생의 아들 김집의 측실이 되었다. 신독재 김집은 율곡의 제자로, 아버지 사계 김장생과 더불어 예학의 대가이며 부자가 함께 동국 18현에 들어있는 가문이다. 김집의 정실부인 조씨는 건강하지 못해 자녀가 없었고, 율곡의 서녀 덕수이씨가 자녀를 낳고 시아버지 김장생을 30년 동안 모셨다. 논산의 김집 묘소를 답사했을 때 보니, 김집의 묘는 위쪽에 있고 덕수이씨는 한 단 아래쪽에 홀로 있었다. 정부인 조씨의 묘가 그곳에 없었는데도 두 사람의 묘소는 나란히 있지 않았다. 이렇듯 조선시대에 서녀로 태어난 여인들은 정실부인이 될 수 없었다. 중인 집안이라도 정식으로 혼인을 맺었더라면 측실이 되지 않아도 되었을 것이고, 자녀에게는 서자 서녀의 굴레를 씌워주지 않아도 되었을 텐데, 반상의 규율이 엄했던 시대의 양반들은 딸을 후처나 측실로 보내더라도 양반 가문과 혼인을 할 수밖에 없었을까.

조선시대는 서얼을 하나의 특수한 신분층으로서 여기고 관직에 진출하는 것도 법적으로 차별을 받았다. 이런 제도는 훌륭한 인재를 쓰지 못하는 악법이고, 국가의 발전을 저해하는 손실일 뿐이다. 그러나 그런 제도적 차별에도 예술적 기질을 숨기지 못하고 드러낸 여성들이 있었으니 조선시대 여류시인으로 알려진 황진이, 매창, 홍랑은 모두가 기생이었고, 애절한 사랑의 시 「몽혼」을 쓴 이옥봉은 조원의 소실이었다.

신사임당의 막내아들 이우는 어머니의 DNA를 물려받아 시(詩), 서(書), 화(畵), 금(琴)을 다 잘하여 4절(四絶)이라 불렸다. 할머니 신사임당과 아버지의 재주를 물려받은 이우의 서녀는, 십 대에 그림과 문장을 짓고 백가서에 통달하였으며, 묵죽(墨竹) 4폭을 남겼다. 그러나 학문과 더불어 예술적 재능이 대단했던 그녀도 16세 연상인 이시발의 측실이 될 수밖에 없었다. 조선시대 서자 서녀들 중에 예술가들이 많았던 것은 편견일 수도 있겠으나 지리적으로 먼 곳의 사람과의 혼인으로 태어난 사람이 우성인자를 갖는다는 속설과 같은 맥락이었을까. 알 수 없는 일이다.

세상의 모든 제도나 풍속도 변화하는 시대의 흐름을 막을 수는 없었으니, 조선 후기로 가면서 신분제는 점차 해체되어

1894년 갑오개혁 이후부터는 서얼들이 고위직에 진출하는 수가 점점 많아졌다고 한다. 마냥 차별로만 해결할 문제가 아니었을 것이다. 시대를 잘못 타고 태어난 죄로 세상의 변방에서 외롭게 서성이었을 서자 서녀들이 애처롭다.

반상의 법도가 사라지고 평등을 제일로 여기는 이 시대는 과연 차별 없는 세상일까. 뉴스에서는 가끔 있는 자들의 갑질 현장을 보여준다. 재벌 회장들의 개인 운전기사 폭행 사건에, 땅콩 때문에 비행기를 되돌리는 일이 있는가 하면, 제 자식을 때렸다고 쫓아가서 주먹질을 하고 돈을 뿌리는 기업 회장 등 일일이 열거할 수 없는 차별이 존재한다. 그중에 제일 걱정되는 것은 순진무구해야 할 어린아이들의 폭력 행위이다. 공부를 해야 할 학교에서 아이들이 저보다 약한 친구를 폭행한다니 이 일을 어찌해야 하나. 뭘 안다고 그 어린것들조차 그러는가. 아이들을 바르게 키워야 할 어른들의 책임이 막중하다.

돈이 많은 사람, 권력이 있는 사람, 기운이 센 사람, 그들 중에 인격이 모자라는 자들이 예나 지금이나 못난 짓을 한다. 게다가 이즈음엔 코로나19로 지치고 힘든 사람들을 더욱 맥 빠지게 하는 일이 있으니, 코로나19는 네 탓이라고 책임 전가

하는 전 세계적 인종차별까지 이 시대를 우울하게 한다. 따듯하고 배려할 줄 아는 사람들이 사는 세상을 만드는 것은 우리 모두의 책임이다.

(2020, 한국수필작가회)

빛과 그늘

한낮의 전철 안에는 승객이 많지 않았다. 젊은 남녀는 휴대전화의 인터넷에 빠져있고, 눈을 지그시 감고 있거나 아예 잠이든 사람도 있다. 차가 설 때마다 타고 내리는 사람들을 바라보기도 하고 눈을 감았다 떴다 하며 무심히 앉아있는데, 턱 밑으로 불쑥 손이 들어왔다. 노인이 손바닥을 펴서 아래위로 두어 번 까딱여 보이며 돈을 내놓으란다.

전철을 타면 구걸하는 사람을 한두 명 보게 되는데, 그중에는 그냥 모른 체할 수 없는 사람도 있다. 그래서 가방을 열어 돈을 꺼내다 보면 구걸하는 사람은 벌써 저만치 가버리고, 쫓아가 돈을 건넬 수도 없어 슬그머니 주머니에 다시 넣고 말게 된다. 그들은 대개가 차 안의 통로를 지나가며 녹음된 음악을 사용하거나, 껌이나 볼펜 같은 물건을 승객들의 무릎에 쭉 올려놓고는 한 바퀴 돌아오는데 그 노인은 좀 달랐다.

노인은 나를 내려다보며 참을성 있게 서 있다가, 내가 그의 손바닥에 돈을 올려놓자 재빠르게 거머쥐고는 옆자리로 옮겨갔다. 그렇게 빠짐없이 모든 승객들 앞에 서서 손을 내밀지만, 나처럼 나이든 여자들 몇이 마지못해 돈을 꺼내줄 뿐이다. 그래도 그는 포기하지 않고 한쪽을 다 거친 후 맞은편으로 가서 여전히 손을 내밀었다. 처음에는 구경삼아 보고 있던 사람들이, 노인의 집요한 구걸 행위에 차츰 눈살을 찌푸린다. 노인은 남들의 시선이 곱거나 말거나 아랑곳하지 않고 차 안의 모든 승객 앞을 거친 다음 옆 칸으로 가버렸다.

노인이 다른 칸으로 옮겨가고 나자 잠시 눈을 감았는데 옆자리에 앉아 있는 어린 소년이 쉴 사이 없이 재잘거려서 신경이 쓰여 관심을 갖지 않을 수 없었다. 대화 내용으로 보아 방학 중에 외할머니와 나들이를 나온 모양이다. 열 살쯤 되어 보이는 소년은 할머니와 이야기 하다가 갑자기 구걸하던 노인이 생각나는지 "할머니 그 할아버지한테 돈을 줄 걸 그랬어요" 한다. 소년의 외할머니가 "잔돈이 없어서 못 준 걸 어쩌냐" 하니 "할머니 나한테 천 원 있는데." 못내 아쉬운 표정으로 주머니를 뒤적이는 소년을 보니 가슴이 따듯해진다.

파주의 교하에 장애인 고용 작업장 '에덴하우스'가 있다. 그곳은 신체장애인과 정신지체장애인 90여 명이 일하고 있는 공장이다. 내가 알고 있는 사람 중에도 정신지체 2급인 아들을 둔 사람이 있어, 그의 아들을 그곳에 입소시킬 수 있을지 알아보기 위해 찾아갔다. 출타 중인 원장이 돌아오는 중이라 하여 기다리는 동안 직원의 안내로 작업장을 한 바퀴 돌아보았다. 그곳 공장에서는 종량제 쓰레기봉투를 각 지자체로부터 주문받아 제작하고 있었다. 기계실에서는 알갱이로 된 비닐의 원료를 압축해서 봉투를 만들거나 인쇄하여 자르는 일은 기계가 하고 그 기계를 돌보는 일을 정상인 기술자 한 사람에 장애인 한 사람이 한 조가 되어 일하고 있었다.

수작업을 하는 곳에서는 많은 장애인들이 완성된 봉투를 10장씩 세어서 묶는 일을 하고 있었다. 등 뒤로 지나가며 일하는 모습을 지켜보고 있으려니, 그들은 마음대로 웃어지지 않는 얼굴 근육을 억지로 움직여 미소를 보인다. 손을 내밀어 악수를 청하기도 하고 어눌한 말투로 "안녕하세요" 하고 인사를 하는 이도 있다. 복잡하게 생각할 줄 모르는 장애인들이 단순하게 반가움을 표시하는 얼굴빛은 밝고 순수했다. 사회에서 받아주지 않아 어디서도 일자리를 얻을 수 없었던 그들은 이곳에 오기 전에는 춥고 어두운 고통의 날들을 보냈을 것이다. 이제는 스스로 일해서 돈을 벌고 있으니 자부심과 행복을 느끼게 되고, 자신에게 생명이 있음을 감사히 생각하게 되어 얼굴이 밝고 행복해 보인다. '에덴하우스'는 보육시설이 아니라 장애인들이 일한 만큼 월급을 받는 당당한 직장이다.

그곳의 원장은 국가대표 유도선수였는데 연습 도중에 다친 척추가 마비되어 휠체어를 타는 장애인이 되었다. 그는 많은 어려움을 겪고 우여곡절 끝에 지금의 시설을 이루었다고 한다. 장애인에게 일자리를 만들어주었을 뿐 아니라, 장애인을 위해 취미 프로그램도 운영하고 있다. 그는 날개 잃은 천사들에게 날개를 만들어주어 날 수 있게 하고, 희망과 꿈을 갖게 해주는 구세주와 같은 사람이었다.

맑은 눈빛으로 꿈을 만들어가는 사람들, 그들을 보며 낮에 본 구걸하는 노인의 강퍅한 얼굴과 아래위로 까딱이던 마른 손이 떠올랐다. 보호해주는 사람 없이 홀로 사회에 내던져진 노인의 생존본능이 그럴 수밖에 없었을 것이다.

그 후 장애인을 둔 어머니와 한 번 더 그곳을 방문하였다. 정신지체 2급인 21살의 청년은 어린아이 같았지만 상담한 결과 얼마 동안 훈련을 거치면 적응할 수 있을 것이라는 대답을 듣고 돌아왔다. 그리고 얼마 후에 입소하라는 연락이 있었다며 장애인 어머니에게서 전화가 왔다. 자식을 짐이라고 생각하지는 않겠지만 정상적이지 못한 아들을 둔 가족들의 고통은 이루 말할 수 없다. 넉넉하지 못한 생활에 다 큰 자식을 부양해야 하는 것도 문제인데 가끔씩 어디론가 사라져버려 서울에서 찾아오기도 하고 대구까지 가서 데려온 적도 있다고 하였다. 그곳에 들어가면 기숙사에서 생활하며 일주일에 한 번 집에 다녀갈 수 있다. 직업을 갖게 되어 돈도 벌고 교육까지 받게 되니 청년은 물론이고, 가족들이 지금까지 겪었던 고통에서 벗어나게 될 수 있을 것이다.

그런데 '에덴하우스'에 입소하던 날 장애인 청년의 어머니로부터 보내지 않겠노라는 전화가 왔다. 갑자기 왜 그러느냐고 물으니 그는 아들에게 도벽이 있다고 하였다. 도벽이 어느 정도냐고 물으니 남의 신발이나 별것 아닌 소소한 것들을 자신도 모르게 집어 온다는 것이다. 나는 잘 타일러서 보내고, 그곳에서 교육을 해서 고치면 되지 않겠느냐고 했지만, 말해준 나에게도 미안한 일이며 기숙사에 같이 있을 사람들에게 피해를 줄 것이라고 하였다. 그늘에서 어둡고 추운 겨울처럼 지내온 그들은 남에게 피해를 줄 것을 염려하여 양지로 갈 수 있는 길을 포기하고 말았다. 좋은 기회를 잃는 것이 아쉬워 다시 권해보았지만 자기가 짊어져야 할 일이라고 끝내 사양했다.

요즘 세태가 인정이 메말랐다고 탓하지만, 지하철에서 구걸하던 노인을 걱정해주던 어린 소년과 같은 빛이 있어, 노인도 언젠가는 따듯한 양지로 갈 수 있을 것이다. 장애인 청년이나 그의 어머니도 지금은 빛의 그늘에서 있지만, 언젠가는 양지쪽에서 서게 될 날이 있게 되지 않을까 기대해본다.

(2005)

광화문 앞 소묘

지난여름엔 '서울의 전통문화와 이해'라는 강의를 들으러 광화문 부근의 '서울역사박물관'에 일주일에 한 번씩 드나들었다. 박물관에 가려면 버스에서 내려 길을 건너야 하는데, 정류장은 광화문 네거리 쪽과 강북삼성병원의 중간지점이어서, 어느 쪽으로 가든 횡단보도로 가려면 한참을 돌아가야 한다. 답답한 도시의 공기는 아스팔트의 열기로 숨이 막힐 듯하고, 마주 보이는 박물관을 두고 돌아가려니 발길이 더욱 무겁다. 광화문 쪽 횡단보도로 가려고 발길을 재촉하는데, 같이 다니는 친구가 무단횡단을 하자고 유혹한다. 2차선의 시골길도 아닌 '서울역사박물관' 앞 대로를 건너자는 것이다. 내가 안 된

다고 했지만

"그럼 횡단보도로 빨리 건너오세요."

하며 마침 도로공사를 하느라 세워둔 공사 차량 옆을 지나, 혼자서 성큼성큼 건너가 버렸다. 도로공사 중이어서 인부들과 공사차가 길의 일부분을 막아 서 있기는 했지만, 붙잡을 사이도 없이 순간적으로 벌어진 일에 기가 막혀 멍하니 쳐다보고만 있었다. 나보다 십여 년이 어린 그의 젊은 용기가 부러운 생각이 들었지만, 내가 그의 나이만큼 젊었더라도 광화문 근처에서 무단횡단은 생각도 못 할 일이다. 요즈음 그 길을 지나면서 보니 그 친구가 무단 횡단하던 곳에 횡단보도가 생겼다. 그날의 도로공사가 횡단보도를 만드는 것이었던 모양이다.

광화문 부근을 지날 때마다 눈길을 주게 되는 광화문은 경복궁의 정문으로, 조선 500년의 역사가 서려 있고 일제가 우리를 강점하고 지배하던 조선총독부가 있던 곳이다. 광화문 일대는 경복궁을 중심으로 창덕궁, 창경궁, 그리고 임진왜란 이후 광해군 때 지은 경희궁과 덕수궁이 있다. 궁궐을 중심으로 육조가 자리하고 있었으니, 자연히 고위 관리들의 생활권이 가까이 있게 마련이다. 따라서 벼슬하는 양반들이 몰려들어 마을을 이루었는데, 지금의 현대사옥 뒤편인 북촌 한옥마을 일대이다.

얼마 전 북촌 답사길에 갑신정변의 주역인 서재필과 김옥균 집터가 있는 정독도서관에서 한옥마을을 내려다보았다. 마을 근처 여기저기 서 있는 빌딩 숲에 눌려 한옥의 기와지붕이 납작 엎드린 거북이 모양새이다. 한때 천하를 호령하던 사람들이 살던 곳, 태조 이성계가 한양으로 천도한 이후부터 근대에 이르기까지 수많은 인물들이 역사를 만들어가던 곳이다. 세월은 모든 것을 변하게 하는 속성이 있지만, 지난날의 영화는 사라지고 권력의 무상함만이 남아있다. 그나마 도시의 한복판에 조선시대의 한옥마을이 남아있다는 건 서울의 자랑거리이며 축복이라 하겠다.

오늘날의 광화문 앞 광장은 해마다 한 해의 마무리와 새해를 맞는 제야의 의식을 치르기 위해 수많은 군중이 모여 광장으로서의 기능을 톡톡히 해내고 있는 곳이다. 2002년의 월드컵 경기가 있었을 때에는 붉은 물결의 군중이 세계를 놀라게 하였고, 지금은 시시때때로 촛불집회가 벌어지기도 한다.

역사적으로는 3.1운동 때 대한문 앞을 중심으로 사람들이 모여 만세를 부르던 집결 장소이기도 하였고, 농민들이 토지개혁에 대한 불만이 있거나 과세의 부당함을 호소할 때에도 시위를 하여 광장으로서의 기능을 발휘하던 곳이다. 광화문 일대의 지형과 건물을 보면서 사람에게 운명이라는 게 있듯이, 땅에도 운명의 기운이 작용하는 게 아닌가 생각하게 된다. 땅의 기운을 배산임수니 좌청룡 우백호니 하며 풍수지리적으로 말하기도 하는데, 광화문 광장에는 예나 지금이나 군중이 모여드는 기운이 서려 있는 곳인가 보다.

이렇게 온갖 풍상이 서린 광화문 광장에는 역사적 사건만이 아니라, 지극히 서민적이고 평범하며 재미있는 일들도 벌어지게 마련이다. 어떤 곳이라도 사람이 살아가며 만들어내는 인간사가 있기 마련이니.

그런 인간사 중에 하나가 되겠지만, 동네 친목회에서 제주도로 여행을 갔던 때 있었던 에피소드가 있다. 그때는 광화문 광장에 꽃과 나무를 심은 화단이 중앙 분리대 역할을 했었다. 제주도에서 여수를 거쳐 돌아오는 길에, 버스 기사는 서울을 통과하여 통일로로 가는 길을 택하였다. 고속도로에서 지체된 시간은 서울 시내에 들어서 광화문 옆을 지날 즈음엔 밤 12시가 넘었다. 그때 일행 중에 저녁 먹은 게 탈이 났는지, 촌각을 다투는 급한 일이 생긴 이가 있었다. 도저히 참을 수 없는 상황이었다. 버스 운전기사가 나무를 심어놓은 중앙분리대 옆에 차를 세우자, 볼일이 급한 이는 정신없이 뛰쳐나갔다. 버스 안의 일행들은 재미있는 상황에 웃느라 바쁘고, 잠시 후에 나무 사이에서 나온 여인은 고개를 푹 숙인 채 버스에 올라왔다. 급할 땐 생각할 겨를이 없었지만, 볼일을 마치고 나니 부끄러워 얼굴을 들지 못한다. 오랜 세월이 지나 광화문 앞에서 그때를 떠올리니 그 일도 사람이 살아온 흔적이며, 서울의 한 귀퉁이에서 벌어진 인간사가 아닌가. 거름을 머금은 그 나무는 튼실하게 잘 자랐을 텐데, 광장을 만들 때 베어버렸는지 다른 곳으로 옮겨졌는지 알 수 없다.

영화를 누리던 숱한 인물들도, 이런저런 서민의 애환도 역사 속에 묻혀 사라져가는데, 화마를 막아 준다는 광화문 앞의 해태는 어려운 우리나라 경제의 발등에 붙은 불을 좀 막아주지 않으려나, 실업자가 점점 늘어만 간다는 뉴스를 보며 엉뚱하게 광화문 앞의 해태에게 책임을 돌려본다.

(2004, 한국논단)

지하철 풍경

지하철을 타면 자리에 앉지 않으려고, 좌석이 있는 곳을 피해 설 때가 있다. 평소에 부족했던 운동을 조금이나마 보충해보려는 생각에서이다.

얼마 전 서울에서 돌아오는 길에 전철을 타게 되었는데, 그날은 오래 걸어서 다리가 아프고 피곤했다. 앉을 자리를 찾아 둘러보니 빈자리는 '노약자 장애인 보호석'에만 있었다. 피곤하기도 했지만 서 있는 사람이 없어서 혼자 서 있기 멋쩍었다. 망설이다가 그 자리에 앉았는데, 어느 결에 잠이 들었나 보다. 잠결에 귀에 거슬릴 만큼 시끄러운 소리가 들리기는 하는데 얼른 정신이 들지 않는다. 감기는 눈을 간신히 떴다 감았다

하면서 보니, 몇 정거장을 지나쳤는지 차 안에 승객이 많았다.

정신을 차리고 보니 어떤 노인이 큰소리로 떠들고 있다. 노인을 보고도 자리를 양보하지 않는다는 핀잔이었다. 내 옆자리에는 나보다 나이가 더 많아 보이는 노인들이 앉아있으니, 날 보고 하는 소리인 것이다. 일어나기 싫어서 자는 척하고 있다는 말까지 하여, 마음은 일어서야지 하면서도 민망하여 얼른 일어서지지 않는다. 그러나 더 앉아있을 수도 없고, 계속되는 지청구에 얼굴이 화끈거려 옆으로 비켜섰다. 자리에 앉은 노인은 "요즘 젊은것들은" 하면서 들으라는 듯 계속 큰소리로 말을 하였다. 경로 우대를 받아야 할 나이는 아니지만, 나도 손자 손녀가 있는 할머니이다. 뭐라고 변명이라도 하고 싶었지만, 사람들의 시선을 피해 다른 곳으로 가서 서고 말았다. 노약자석이 비어 있어도 앉지 말아야 할 것을, 잠까지 들었으니 망신 수가 있는 날이었나 보다.

노약자 장애인석은 말 그대로 늙거나 몸을 지탱하기 어려울 만큼 약한 사람, 그리고 장애인을 위한 지정석이다. 요즘은 노약자 장애인석이라는 글귀 말고도 좌석 뒤쪽에 '임산부를 위한 자리'라는 글귀가 덧붙어 있는 것을 본다. 오래전 만삭인 딸애가 앉고 서기도 힘들어하던 때 지하철을 타게 되었다. 마침 노약자지정석이 비어 있어서 앉아있다가 노인의 꾸지람을 들었다. 깨어 있어도 발딱 일어서기 힘들었을 텐데 딸은 깜빡 졸고 있었다. 무거운 몸에 힘들고 지쳐 있었지만, 딸애는 일어서지 않을 수 없었다. 일어섰는데도 노인이 계속 훈시를 하여, 많은 사람들 앞에서 창피했던 딸아이는 집에 돌아와 한참 울었다고 했다.

노인이라고 해서 꼭 그렇게 했어야 하나 하는 생각이 들기도 하지만, 나도 연로한 어머니가 계시니 노인들의 고충을 모르는 바는 아니다. 노인들은 오래 걷지도 못하고 흔들리는 차 안에서 서 있는 것은 더구나 힘들다. 늙으면 몸의 여기저기가 아프고 고장이 나기 시작한다. 퇴행성 관절이 생겨 무릎이 아파서 서 있을 수도 없다. 노약자석이 아닌 일반 좌석 앞에서 있으면 자리를 양보받지 못하는 경우도 있다. 세태가 변하기도 했지만, 학교공부와 직장생활에 지친 젊은이들에게 노인을 예우하는 미풍양속을 지키라고 강요할 수는 없는 일이다. 지하철 안에서 지정석의 권리를 주장하던 노인의 행동은 그런 세태에 대한 자기방어인지도 모른다.

지난번 H수필사에 다녀오던 날은 색다른 경험을 하였다. 돌아오는 길에 지하철을 탔는데, 같이 갔던 두 여인보다 내가 조금 더 나이를 먹은 탓에 비어 있던 자리에 앉았다. 동행하였던 한 여인이 높은 구두를 신어 불편해 보이기에 앉으라고 하였지만, 한사코 나를 앉게 하였다. 그때 옆에 앉아있던 노인이 일어서며 높은 구두를 신은 내 동행에게 자리를 양보하였다. 극구 사양했으나 노인은 금방 내릴 거라며 기어이 일어서서 자리를 양보해주었다. 금방 내린다던 노인이 계속 서 있자, 우리는 미안한 마음에 앉은 자리가 가시방석이었다. 다시 앉기를 권해보았지만, 노인은 미소를 지으며 멀리 문 앞으로 가서 선다. 두어 정거장을 더 가서 노인이 내리려고 할 때, 하이힐의 내 지인이 자리에서 일어나 허리 굽혀 인사를 한다. 전철 안에서 일어나는 이런저런 여러 일 중에 이렇게 인간의 정을 느끼게 하는 흐뭇한 일도 가끔 볼 수 있으니 살만하지 않은가.

그날은 자리를 양보하던 노인과 허리 굽혀 인사하던 문우의 모습을 보고 따듯한 마음을 안고 돌아왔다. (2018)

그 여자의 거리

"끼~익, 철커덕."

철 대문 열리는 소리와 함께 불쑥 그 여자가 들어섰다. 한여름 뙤약볕에 그을린 얼굴과 검정색 낡은 옷이, 마치 시커먼 덩어리가 굴러 들어오는 것처럼 보였다. 마당에서 물장난하던 두 아이는 겁먹은 눈으로 내 치맛자락을 잡고 등 뒤로 숨는다.

남루한 차림새의 그 여자를 처음 본 것은, 연년생인 두 딸애를 키우느라 집 안에서만 종종거리던 때이다. 둘째 아이의 기저귀며, 흙장난으로 하루에도 몇 번씩 옷을 갈아 입혀야 하는 큰 애의 빨래로 매일 마당 수돗가에서 떠나지 못했다.

그 시절엔 한적한 시골뿐 아니라 소읍에만 살아도 웬만

한 집들은 대문을 잠그지 않았다. 수돗가에서 지내는 일이 많아서 그렇기도 했지만, 밤이 되기 전에는 대문을 잠그지 않고 살았는데, 그 여자는 그런 우리 집 대문을 제집인 양 밀어젖히며 들어선다. 남루한 행색으로 불편한 다리를 이끌고 주춤주춤 들어서는 그의 꼴은, 감지 않은 머리가 북데기처럼 헝클어지고 허리에 보따리를 둘러메고 한 손에 보따리 하나를 더 든 행색이다.

그가 무슨 말인지 알아들을 수 없는 소리로 웅얼거리며 구걸을 하면, 나는 쌀통에서 한 공기의 쌀을 퍼서 그가 벌리는 자루에다 쏟아부었다. 쌀을 받아들고서야 햇볕에 그을려 까맣게 빛나는 그의 무표정하던 얼굴에 웃음이 벙긋 피어난다. 그 여자는 그 후로도 몇 번인가 더 우리 집을 찾아왔는데, 내가 한 공기의 쌀을 퍼서 건네주면 그때마다 윗입술을 올려 하얀 이를 드러내곤 했다.

그 여자가 사는 곳은 3km쯤 떨어진 이웃 마을이다. 우리 마을에 오일장이 서는 날이면 나타나 언제나 같은 행색으로 거리를 지나가는 것을 볼 수 있다. 먼 거리의 두 마을을 넘나들며 바쁜 기색도 없이 천천히 걸어가는데, 그가 지나가는 광경은 원색의 간판과 상점에 진열된 말끔한 상품들 사이에서 묘한 대조를 이루었다. 한쪽 다리를 지척이며 걸어가는 길 위로, 부슬부슬 가랑비가 내려도 그는 마냥 걷는다. 눈 오는 겨울날엔 그의 검정색 옷 어깨 위로 눈이 하얗게 덮이고, 낙엽 지는 가을날엔 바람에 실려 온 가로수의 낙엽이 빗질하지 않은 머리 위를 꽃잎처럼 장식하기도 한다. 어느 계절이나 그는 한 그루의 가로수처럼 거리에 있었고, 계절이 몇 번이 지나도록 그 거리를 떠돌았다.

한결같이 보따리를 허리에 둘러매고 다니는 그를, 사람들은 '보따리 거지'라고 불렀다. 누구에게서인가 그 여자에 관한 얘기를 들은 적이 있는데, 어느 부잣집 며느리였다고 하였다. 아이를 낳지 못하여 시부모에게 쫓겨났다고도 하고, 바람난 남편 때문에 실성하여 거리를 떠돌고 있다고도 했는데, 실성한 것 같아 보이지는 않아서 그 진위가 확실치 않았지만 나는 그것이 사실일 것이라고 믿었다. 누군지 모르는 여자로 떠도는 것보다는, 근본이 있는 사람의 극적인 인생살이가 더 드라마틱하지 않는가.

그 후로 오랫동안 길에서 그 여자를 만나지 못해, 혹시 잘못된 건 아닐까 생각했다. 험하게 살다 보면 병이 들었을 수도 있고, 거리를 떠돌다 사고를 당했을 수도 있으니. 그런데 며칠 전 그 여자가 사는 마을을 지나가다 그가 걸어가고 있는 것을 보았다. 잊어버리고 있던 여자의 출현에 다소 놀라, 차를 잠깐 멈추고 고개를 돌려 쳐다보기까지 하였다. 가끔 그 길을 지나치면서도 그를 못 본 것이 몇 년이 지났는데, 여전히 그 거리에 있다니 믿어지지 않았다. 다시 보아도 그 여자가 분명했다. 생물이건 무생물이건 세월의 풍화에는 견뎌내지 못하는 것이 자연의 법칙인데, 옷차림새와 보따리를 둘러맨 것까지 비슷한 행색을 하고 있었다. 그 여자에게 변한 것이 있다면, 차가 많지 않던 예전에는 넓은 길을 여유롭게 다녔는데, 지금은 차 사이를 위대롭게 걸어가고 있었다. 사이드미러에 비친 그를 다시 흘깃 쳐다보며 살아 있는 동안 건강하기를 빌었다.

그 후에 그 마을에 사는 지인을 만난 길에 그가 사는 것이 궁금하여 사는 곳이 어딘지 가족은 있는지 물어보았다. 그는 언덕배기 허술한 집에 혼자 살며, 가족은 처음부터 없었다고 한다. 평생을 구걸하여 돈을 꽤 모았지만, 그것마저 동생이 빼앗아 갔다는 소문을 들었다고 했다. 그 여자의 현재 나이는 일흔 살쯤이며 실성한 것이 아니라 지능이 좀 모자라는 편이라고 하고, 구걸을 하지 않는 날은 마당 우물가에서 빨래를 하고 살림도 제법 잘 한다고 했다. 집에 있을 때는 깨끗한 옷을 입고 있다가 구걸을 나올 때는 헌 옷으로 갈아입는다고 하니, 지능이 아주 모자라는 것도 아닌 모양이다.

지하철이나 사람이 많은 곳에서 구걸하는 사람들을 보기는 했어도, 요즈음엔 집집마다 다니며 문전걸식하는 걸인은 없다. 옛날 그 모습대로 구걸하는 그를 고전적 걸인이라 해야 할까. 그 여자의 드라마틱한 인생유전의 환상이 깨어지기는 했으나, 그것은 내 기준의 상상일 뿐이고 그는 변함없이 그 거리에 있었다. (2006)

비대면 시대를 살아가는 방법

요즘 방송에서 자주 듣는 단어는 '마스크 쓰기', '비대면', '거리 두기'이다. 집 밖에 나가는 것을 되도록 삼가라는 권고이니, 이러다가 보고 싶은 사람들을 언제나 편하게 만날 수 있으려나.

인간은 공기가 없으면 살 수 없다. 인간뿐 아니라 모든 살아 있는 것, 식물조차도 공기가 필요하다. 그 공기를 흡입하기 위한 숨쉬기, 생명의 원초적 조건을 제한받고 있는 것이다. 당연한 것으로 여기던 숨쉬기의 중요성을 이제야 새삼 깨달은 듯, 세상의 모든 것에 고마움을 느끼고 있는 요즈음이다.

마스크를 쓰지 않고 숨을 자유로이 쉬려면, 사람을 만나지 말고 집에 있어야만 한다. 코로나19 이후 더 많이 알려졌지만, 그동안 비대면은 사회의 여러 방면에서 시행되고 있었다. 도처에 언택트 시스템이 설치되어 있어 기계치인 나를 당황하게 한다. 주차장 무인시스템이 불편해서 익숙해지기 전까지는 차를 두고 대중교통을 이용했었다. 셀프 주유소는 차에서 내려야 하는 것도 귀찮고, 기계 사용도 어눌하여 가격이 조금 비싸도 직원이 있는 곳에서 넣었다. 차를 많이 사용하지 않아 3주에 한 번씩 주유를 하게 되니, 사용법을 알아 두어도 3주가 되기 전에 잊어버리고 만다. 기술을 따라가지 못하는 불편함은 나만의 문제는 아니다. 시장에 가면서 은행 일을 같이 보던 시대는 가고, 생필품은 택배로 주문하고 은행 일도 집에서 처리하게 된 세상이 편리하기는 하지만 참 재미없다.

인건비를 절약하기 위한 무인 단말기 설치는 여러 방면에서 점점 더 많은 종류로 늘어나는 추세이다. 프렌차이즈 식당에서 음식 주문을 하려고 기계 앞에 섰다. 나는 손대볼 생각도 못하고 같이 간 일행이 기계가 시키는 대로 꾹꾹 눌러보지만, 주문 순서가 잘 넘어가지 않는다. 아무래도 직원에게 말로 주문하는 게 편하고 빠를 것 같다. 옆에 서 있는 직원에게 물어보니, 기계가 시키는 순서대로만 하면 된다며 제 할 일만 한다. 입은 두었다 밥 먹을 때만 써야 하나. 말이 하고 싶어 입이 근질근질하다. 이제는 무인 상거래를 넘어 사람과 사람 사이의 인정까지 메마르고 있다.

사람이 손으로 하던 일을 기계가 대신하기 시작한 건 꽤 오래된 일이다. 이익을 우선하는 개인 사업자들의 인건비 절약은 이해할 수 있겠다. 그러나 시민들의 일자리 창출을 고민해야 할 공공기관들까지 주차요원의 일자리를 빼앗고, 카드 계산기를 달아놓는 건 이해할 수가 없다. 직장을 구하지 못한 청년들이 아르바이트로 하던 서비스직이 '무인 단말기' 설치로 직업을 잃고 있으니, 그들은 무엇을 해야 하나.

한적한 산책길에서 마스크를 벗고 걷다가, 저만치 마주 오는 사람이 보이기에 목에 걸고 있던 마스크를 얼른 귀에다 걸었다. 마주 오던 사람도 벗었던 마스크를 황급히 쓰는 게 보인다. 그와 내가 가까워지자 서로 길 양쪽으로 비켜서 지나간다. 지나치고 나서 내 행동에 한숨을 쉬어 보지만, 가다가 누굴 만나게 되면 나도 모르게 또 그리하게 될 것이다. 타인과 타인으로 이루어진 사회에서 서로를 이해하고 배려해야 하는 인간의 기본을 기피하고 하고 있으니, 이러다가 사회성의 부재를 걱정해야 할지도 모르겠다. 코로나19가 있기 전에는 산책길에서 마주치는 사람과 서로 인사를 하거나, 최소한 입꼬리를 올리며 눈인사 정도는 했었다. 그런데 지금은 서로가 병균을 옮기는 사람 취급을 하고 있으니, 어서 이 사태가 중단되기만을 학수고대한다.

하던 일도 중단되었고, 지인들과 여기저기 나다니던 것도 못하고 있으니, 집에서 애먼 TV만 종일 혹사시키는 중이다. 우울해한다고 도움 될 일은 아무것도 없다. 무엇이든 지혜를 짜내보아야 한다.

여행은 내가 살아가는 행복의 조건 중 하나였다. 올 3월 러시아 블라디보스토크에 가려고 예약하였고, 4월엔 스페인에 갈 예정이었는데 모두 무산되고 말았다. 가지 않으면 예약금을 돌려받을 수 없다기에 내년으로 미루었지만, 코로나19가 단기간에 소멸되지 않을 것이라니, 내년에도 갈 수 있을지 모르겠다. 그러하니 '비대면 시대'에 할 수 있는 지혜로운 여행을 한 번 떠나볼까. TV에서 방영되는 여행프로그램을 찾아 화면에 비춰는 여행지를 따라 간접여행이라도 해야 하겠다. 마침 EBS에서 15년 전 다녀왔던 황산을 보여주고 있었다. 언젠가 꼭 다시 가보리라 생각한 황산의 운해가 협곡에서 황홀하게 피어오르고 있다. 황산의 운해는 다녀 본 여행 중에서 잊지 못할 여행지 풍경 중 하나였다. 다른 채널로 돌리니 연예인 청년들이 시베리아 횡단열차를 타고 여행 중이다. '이르크츠크'에서 내린 그들은 바이칼호수에서 여객선을 타고, 알혼섬으로 들어가고 있었다. 2년 전에 갔었던 알혼섬을 다시 떠올리며, 청년들이 탄 '우아직'을 같이 탄 듯 비포장도로에 나도 흔들리며 간다. 나는 지금 영상 속에서 추억 여행을 하고 있다.

(2020, 대한문학)

밍크코트와 노점상

얼마 전 요긴하게 두르고 다니던 숄을 잃어버려, 다시 하나 사려고 남대문 시장에 들렀다. 1월 초가 되도록 눈 한번 제대로 내리지 않던 날씨가, 오늘따라 제법 춥다. 아직 겨울이 한창인데 겨울옷을 도맷값에서도 20%나 더 할인을 하고 있었다. 마음에 드는 숄이 없어 대신 순모로 된 티셔츠를 사 들고 나왔다.

지하철을 타려고 노점상이 늘어서 있는 곳을 지나치는데, 그 앞에 사람들이 많이 모여 있고 그 가운데서 남자의 고함소리가 들려왔다. 사람들 틈새로 보니 건장한 남자가 한 여자에게 화를 내고 있었다. 예전에는 시장에서 손님과 상인 간에 가끔 다투는 일이 있었지만, 요즘은 거의 사라지고 없는 광경이어서, 가까이 가보려고 다가서다가 뒤로 주춤 물러섰다. 까만색의 밍크코트를 입은 여자가 밀치는 남자의 힘에 물건을 담아 놓은 커다란 상자 위로 넘어지고 있었다.

주위에 모여 있는 사람들은 호기심 어린 표정으로 구경을 하고, 옆자리의 노점상 남자는 말릴 생각은 않고 가세하여 폭언까지 한다. 그 남자는 "뭐, 우리가 사기를 친다고, 당장 사과해"라고 하며 더욱 험악하게 눈을 부라렸다. 상인 남자는 "우린 사기나 치면서 장사하는 사람이 아니야" 하면서 소리치고 있었고, 옆의 남자는 여자에게 계속 잘못했다고 사과하라고 다그친다.

밍크코트를 입은 여자는 어쩌다가 노점 상인들에게 봉변을 당하고 있을까. 비싼 옷을 입었다고 값싼 노점의 물건을 사지 말란 법은 없지만, 겉치장만큼 내면의 품위도 있었으면 좋았을 텐데 그 여자는 그렇지 못했던 걸까. 처음엔 뭐라고 대꾸를 하던 여자는 아무 말도 못 하고 엉거주춤 초라한 모양새로 당하고만 있다. 여자가 밀쳐지는 것을 보면서, 어릴 적 담 너머에서 들려오던 이웃집 아이가 엄마한테 매 맞고 자지러지게 우는 소리를 들었을 때처럼 가슴이 옥죄였다.

가뜩이나 장사가 안되는 터에 올겨울은 날씨가 따듯해서 겨울 상품이 잘 팔리지 않는다고 하니, 상인들은 더 어려운 형편이다. 요즈음엔 시장이라도 바가지를 씌우거나 형편없는 물건을 팔지 않는다. 노점상이라도 늘 그 자리에서 장사를 하는 사람들이 사기를 칠 리도 없지만, 그렇더라도 고작 몇만 원짜리 물건으로 사기를 치면 얼마나 칠 수 있을까. 밍크코트의 여자가 노점의 물건을 하찮게 대했을까. 장사가 잘 안 되니 살기 힘들어져 그들의 가슴에 분노와 비애가 쌓여 그런 행동을 하는지 모르지만, 그렇더라도 여자에게 폭력을 가하는 것이 정당화될 수는 없다. 노점의 남자들은 끝까지 친절하게 물건을 파는 것이 더 이득이었을지도 모른다. 할인하는 티셔츠를 사 들고 잠깐 기분이 좋았었는데, 시장에 넘쳐나던 사람들이 예전보다 줄어들고 상인들이 아귀다툼하듯 싸우던 광경을 보고 나니 마음이 가볍지 않았다.

구경꾼 중에 몇 사람이 그들의 싸움을 말리는 것을 보고 그 자리를 떠나 지하철을 타러 갔다. 어두운 지하를 달려가고 있는 열차의 유리창에 사람들의 모습이 비친다. 따듯한 차 안에서 목적지에 도착할 때까지 편하게 앉아 있는 사람들, 그들을 비추고 있는 유리창 영상 위로 밍크코트를 입은 여자와 노점상 남자의 모습이 겹쳐져 보인다. (2005)

4

고려청자 파편에 매료되다

'역사는 공간에 흔적을 남긴다'는 것은 영원한 진리가 아닌가. 지금 이 순간의 공간에도 시간을 거쳐 인간이 살아온 물리적 축적과 정신적 축적인 역사의 흔적이 함께하고 있으니. 시간을 넘어 공간에 남겨진 흔적인 청자 파편이 내 손 위에서 역사의 행간으로 남아 나를 매료시키고 있다.

고려청자 파편에 매료되다

지방에 살다 보면 때때로 지역에서 해야 할 일이 있다. 개발에 밀려 사라져 가는 옛것을 조사하고 연구하여 기록으로 남겨두는 일이다. 아직 남아있는 것들이 더 망가지고 없어지기 전에 사진과 글로 기록해두어야 하고, 옛일에 대해서 알고 있는 마을의 노인들이 세상 떠나기 전에 그 기억들을 알아내야 할 일이다. 그런 일로 봄부터 가을까지 시간 나는 대로 선사시대의 유적으로부터 몇백 년 전 조선시대의 무덤을 찾아 수풀을 헤치고 다닌다. 그런지 십수 년이 넘었지만, 보수를 받는 연구원은 아니다. 어느 날부턴가 역사에 관심을 갖게 되었고, 어찌하다 보니 지역문화원의 '향토문화연구소'에서 그 일을 하게 된 것이다. 연구한 것을 논문으로 써서 일 년에 한 번 씩 책으로 내지만, 그중에서도 내가 쓴 것은 학위 논문처럼 전문적이지 못하고 어설픈 형식만 취할 뿐이다. 형식이 중요한가, 어설픈 기록이라도 남겨두면 후일 누군가 필요할 때 참고가 될 것이라 생각한다.

올여름에 3개월 과정의 '고고학 발굴 이야기' 문화유산 강좌를 듣게 되었는데, 강의 외에 답사 과정이 들어있었고, 연구차 가보아야 할 일도 있어 혜음원지에 가게 되었다. 답사하는 날 '혜음원지'로 들어가는 길에서 고려청자 파편을 주웠다. 손가락 한 마디만큼 작고, 두께는 3mm 정도로 얇은 조각 하나, 흙 위에서 신비한 푸른색을 띠고 있던 청자 파편을 주워들고 가슴이 두근거린다. 900여 년 전 이 땅에 존재했던 청자 조각이 내 손바닥 위에서 햇빛에 반짝이고 있다.

청자 파편을 주운 '혜음원지'는 사적 제464호로 옛 의주로 길에서 조금 들어간 곳에 있는데, 의주로는 조선시대 9대 간선도로 중 1번 국도로 총연장 약 1,080리의 교통 통신로이다. 혜음원지 옆을 지나가는 의주로의 파주에서 서울 쪽으로 높은 고갯길, 그 고개가 '혜음령'이다.

혜음원에 관하여는 『동문선(東文選)』 권64기 김부식의

「혜음사신창기(惠陰寺新創記)」에 혜음원 창건배경과 과정, 운영의 주체, 왕실과의 관계 등을 기록하고 있다. 혜음원은 남경과 개경 간을 통행하는 관료 및 백성의 안전과 편의를 위해서 고려 예종 17년인 1122년에 건립된 국립숙박시설로, 국왕의 행차에 대비하여 별원(別院)도 축조하였다.

혜음원은 오랫동안 실전되어 찾을 수 없었고, 고려와 조선시대에 중요한 교통로였던 혜음령이라는 명칭의 유래에서 그 위치를 추정만 하고 있었다. 그러다가 1999년 주민의 제보로 조사를 하면서 "惠蔭院"이라 새겨진 암막새를 찾아내 현재의 위치를 확인하고 지속적으로 발굴하고 있다. 혜음원지는 왕실, 귀족, 평민 등 각 계층의 생활양식을 전해주는 유적으로써 고려 전기 건축 및 역사 연구에 귀중한 자료이다.

「혜음사신창기」 기록에는 "봉성현에서 남쪽으로 20리쯤 되는 곳에 허물어진 지 오래된 작은 절이 있었고 사람들은 그 곳을 석사동이라 불렀다. 서울을 오가는 사람들이 이 길을 이용하여 인적이 끊어질 사이가 없었는데, 산언덕이 깊고 높아 초목이 무성하고 호랑이가 나와 사람을 해쳤다"고 하였다. 나무와 풀이 우거져 으슥하고 잠복하기 쉬워 도적 떼가 지나가는 사람들을 해치고 물건을 빼앗기 일쑤였다고도 하였다. 그래서 고개를 넘을 사람이 많이 모이고 무기를 휴대한 후에 넘어가는데, 그래도 살해를 당하는 사람이 1년이면 수백 명에 달했다.

어느 날 예종이 남쪽 지방을 시찰하고 돌아온 소천에게 "민간의 고통스런 상황을 들은 것이 있느냐"고 물었다. 소천은 산세가 험하여 사람들이 넘어 다니기 어려운 고갯길의 사정을 보고하였다. 이야기를 들은 예종이 "사람이 안심하고 다닐 수 있게 할 수 있느냐"고 물었다. 소천은 "국가의 재정도 축내지 않고 백성의 노력 동원도 하지 않고, 중들을 모아 허물어진 집을 새로 건축한 다음, 백성들을 모아 그 옆에 집을 짓고 정착시키면 짐승이나 도둑의 해가 절로 줄어들 것"이라고 하였다. 임금의 허락을 받은 소천은 묘향산에 가서 증여와 함께 부지런하고 기술이 있는 스님들 16명을 선발하여 경비를 마련하여 보냈다. 임금은 승려 응제에게 그 일을 맡아보게 하고 민청을 부책임자로 삼아 절 짓는 일을 맡겼다. 절을 다 짓고 나서는 혹시 임금이 남쪽으로 행차할 일이 생기면 머무를 일이 있을 것이라 생각되어 따로 별원을 지었는데 그곳도 아름답고 화려하여 볼만하게 되었다고 하였다. 그 후 인종이 즉위하여 혜음사(惠陰寺)라는 이름을 내렸고 별원은 혜음원이라 칭하였다.

김부식은 완성된 절과 별원을 보고 "아, 깊은 숲속이 깨끗한 집으로 변하였고, 무섭던 길이 평탄한 길이 되었으니, 그 이익이 또한 넓지 아니한가" 하고 감탄하였다. 혜음원에서는 양곡을 비축하여 놓고 죽을 쑤어서 여행자들에게 제공하였는데, 양곡이 떨어지게 되자 계속할 수 없었다. 소천이 그 일을 계속하고 싶어 하자 정성에 감동하여 양곡을 희사하는 사람들이 자꾸만 생겼고, 그 사정을 들은 임금이 상당히 많은 양곡을 내려주었다. 왕비도 그 얘기를 듣고 기뻐하며 그곳에서 필요한 모든 것을 자신이 담당하겠다고 하면서, 모자라는 식량을 보내주고 파손되어 못쓰게 된 기구도 보충하여주었다. 소천은 임금과 왕비가 하사한 것과 여러 신도들이 보시한 것의 이름과 목록도 기록해두었다.

지금 혜음원지는 계속 발굴 중인데, 그 규모가 상당하다. 처음 발견했을 당시 기와가 무너진 모양대로 있었고, 주방에서 쓰던 그릇들도 한꺼번에 떨어진 채로 있었던 것으로 보아 혜음원은 불이 났었거나 어떤 변란에 의해 일시에 쓰러진 것으로 추측한다는 것이 전문가들의 의견이다. 전체 경역은 원지, 행궁지, 사지로 구성되었을 것이라 하고, 동서 약 104m, 남북 약 106m에 아홉 개의 단(段)으로 이루어진 경사지에 27개의 건물지와 연못지, 배수로 등이 있었고, 금동여래상, 기와류,

자기류, 토기류 등의 많은 유물이 발견되었다. 내가 찾아갔던 그때도 깨진 기와가 무더기로 쌓여 있는 것을 볼 수 있었는데, 나는 그중에서 청자 파편 한 조각을 주운 것이다.

'고고학 발굴 이야기' 수업을 들으며 '역사(시간)는 공간에 흔적을 남긴다'는 말에 고개를 끄덕인다. '역사는 공간에 흔적을 남긴다'는 것은 영원한 진리가 아닌가. 지금 이 순간의 공간에도 시간을 거쳐 인간이 살아온 물리적 축적과 정신적 축적인 역사의 흔적이 함께하고 있으니. 시간을 넘어 공간에 남겨진 흔적인 청자 파편이 내 손 위에서 역사의 행간으로 남아 나를 매료 시키고 있다. (2014)

봉원사 법고 소리

신촌에 나갔던 길에 그날 만난 일행과 봉원사에 들렀다. 봉원사는 첩첩산중에 있는 산사가 아니라 화려한 도심의 산동네 위쪽에 있는 사찰이다. 산동네 가파른 언덕길을 힘겹게 올라가다가 차를 봉원사로 들어가는 길 앞에 세웠다. 차가 드나들지 못하게 쇠사슬로 길을 가로막아 놓아 봉원사길 바깥쪽에 차를 세워두고 절 동네로 들어섰다. 산동네 언덕을 따라 자리 잡고 있는 오래된 집들을 보니, 모두 고풍스러운 기와지붕을 이고 있었다. 저만치 절이 보이는 좁은 동네 길을 기와지붕도 쳐다보고, 오래된 집의 대문 안쪽도 기웃기웃 살펴보았다. 1km쯤 가서 절 입구에 내력을 적은 표지판을 들여다보다가, 몇백 년은 되었을 듯한 우람한 느티나무를 지나 절 마당으로 들어섰다. 지붕 위로 솟아오를 듯 마당 가득 가지를 사방으로 뻗치고 서 있는 나무의 모양새가 범상치 않다. 느티나무는 아직 푸른 잎 사이에서 더러 노랗게 물든 잎을 간간이 떨어내며 서 있고, 아래위로 나뉘어 서 있는 여러 채의 가람이 천 년 사찰의 고고함과 위엄을 더해주고 있다. 450여 년의 세월을 머금은 나무에 갈바람의 마른 잎 서걱대는 소리가 소란스러웠다. 바람에 낙엽이 뒹군다. 땅 위에 스러진 나뭇잎 밟히는 소리에 절 마당의 가을이 더욱 깊어가고 있다.

이 절은 '봉원사'라는 이름 외에 오랫동안 불려온 또 하나의 이름 '새 절'로도 불리는데, 새 절의 내력에는 찬즙(贊汁) 스님의 깊은 불심이 전해져온다. 889년(진성여왕 3년)에 도선국사(道詵國師)가 창건한 뒤 반야사(般若寺)라 하고, 그 뒤 고려 말 공민왕 때 태고(太古) 보우(普愚)가 중건하여 금화사(金華寺)라고 개칭하였다. 그때의 절은 지금의 연세대 자리였다고 한다. 그 후 영조 때 찬즙과 증암 스님에 의해 지금의 터로 옮겨서 지었고, 영조는 친필로 쓴 '봉원사' 현판을 내렸다. 그때부터 사람들은 새로 지은 절이라하여 '새 절'이라 불렀고, 절이 있는 마을은 신촌(新村)이 되었다. 전해 내려오는 이야기로는 찬즙 스님이 전국을 떠돌며 가람 터를 찾아다니다가 만났던 동자와의 인연이, 부처가 동자로 현신하여 깨달음을 주는 과정으로 전해지고 있다.

봉원사에는 도선국사와 태고국사 보우 외에 근대의 흔적도 남아있다. 1884년에 갑신정변의 주역이었던 개화파 김옥균, 박영효, 서광범 등의 정신적 지주였던 '이동인'이 주지로 있던 봉원사는 갑신정변의 요람지였다.

나무의 자태에 홀린 듯 보고 있는데 "투다당당, 투다당당" 아득히 먼 곳에서 들리는 듯 북 치는 소리가 들려온다. 처음엔 녹음된 소린가 하였다. 소리가 들려오는 곳을 찾아 가까이 가보니 '삼천불당' 안이다. '법당' 오른편에 여닫이문이 양쪽으로 젖혀져 있고, 그 안에 닫혀 있는 방충망 문을 통해 법고 치는 스님의 모습이 그림자처럼 비친다. 법고 소리는 여러 개의 북이 한꺼번에 울리는 듯 여러 갈래로 들린다. 한 치의 흐트러짐도 없이 울리는 소리는 천상으로부터 여래를 태운 신성한 마차를 끌고 달려오는 백마의 말발굽 소리인 듯 경내를 가득 채운다. 한 사람이 치는 소리라고 보기에는 너무나 빨라, 북 뒤에서 또 한 사람이 치고 있는 게 아닐까 의심이 들 만큼 빠른 손놀림이다.

법고(法鼓)는 '법을 전하는 북'이라는 뜻으로 나무로 된 두 개의 북채로 마음 심(心)자를 그리면서 두드리는 것이라 한다. 중생의 어리석음을 깨우치기 위하여 예불시간에 가장 먼저 울린다고 한다. 북소리가 널리 퍼지듯이 불법의 진리로 중생의 마음을 울려, 욕망에 사로잡힌 마음을 놓아버리라는 뜻으로 영혼을 두드려 일깨우는 소리이다.

어느 사이 법고 치는 소리가 그치고 스님의 그림자도 보이지 않는다. 큰북 치는 소리에 뛰던 가슴도 문득 고요해진다. 가람 처마 밑에서 고개를 한껏 젖히고 단청장 만봉스님의 예술혼이 서린 단청을 쳐다보자니, 오채금장(五彩金裝)의 조화가 마치 기라홍군(綺羅紅裙)의 자태처럼 화려하고 법고의 울림처럼 유장하다. 법당을 돌아보다가 누구의 명복을 빌고 있는지 한 여인이 연신 절을 올리고 있는 명부전 앞에서, 불교 배척론으로 「불씨잡변」을 쓴 정도전의 친필, 명부전(冥府殿) 편액을 보며 모순의 역사를 읽는다.

대웅전 처마 끝에 매달린 풍경 소리를 들으며 일주문도 없는 절 마당을 나서는데, 어디선가 읽고 마음에 두었던 금강경의 한 구절 "一切有爲法 如夢幻泡影 如露亦如電 應作如是觀(일체유위법 여몽환포영 여로역여전 응작여시관)"이 불쑥 가슴을 헤집는다. 현상계의 모든 생멸 법은 꿈과 환상과 물거품과 그림자 같으며, 이슬과 번개와 같으니 응당 이와 같이 관하라는 경구는 인간사의 진리이건만 그렇지 못하여 인간들은 괴롭다. 눈에 보이고, 손에 만져지고, 가슴에 느껴지는 모든 것들이 현상일 뿐이라면 얼마나 허무하겠는가. 나는 저 하늘 위 구름 한 조각에도 물리를 느끼는 속물일 뿐이니. 오랜 시간의 강을 건너와 오늘 내 마음에 파문을 일으킨 법고 소리는, 아득히 먼 천상으로부터 온 선물인가.

절 마당으로 내려서는데 가랑잎 한 닢 이마에 내려앉는다.

(2009)

세상이 궁금하여

인간은 미지의 세계를 꿈꾼다. 하여 가보지 못한 곳에 대한 궁금증은 사람들로 하여금 길을 떠나게 하고, 더 먼 곳에 대한 동경은 비행기와 우주선을 만들기에 이르렀다. 그것은 호기심의 발로이다.

내 호기심은 새로운 것이 아닌 옛것에 있어, 가끔 역사 속 인물들의 무덤을 찾아 나선다. 묘역엔 높은 벼슬에 올라 온갖 영화를 누렸을 남편 묘 옆에 아내의 묘가 합장이거나 쌍분으로 누워 있는데, 명예로운 관직으로 치장한 남편의 묘비에 정경부인의 직함으로 나란히 적혀있는 것을 볼 수 있다. 그것을 보면서 이 여인은 어떤 삶을 살았을까 생각해본다. 남편의 지위만큼 호강은 누렸겠으나, 남성 주도적 사회에서 여성으로서 자유롭지 못했을 수도 있었을 터이니, 바깥세상에 대한 궁금증이 있었을 것이다. 그 시대의 여성 지식인들이 남긴 시문집이나 산문집을 보면, 그들의 자유로운 사상과 예술적 재능과 함께 여성도 세상에 대한 호기심이 남성만 못하지 않았었다는 걸 알 수 있게 된다.

호기심을 참을 수 없었던 여인들의 기행문집으로는 지금까지 많은 일화가 전해지는 황진이의 「금강산유람기」와 「의유당관북유람일기」를 쓴 의유당 남씨, 그리고 「호동서락기」를 쓴 금원이 있다. 그 외에도 자유로운 영혼을 속박받지 않고 세상 구경에 나섰던 여인들의 행적을 그들의 문집을 통해 살펴볼 수 있다.

시. 서. 화, 가무와 온갖 기예에 뛰어나, 서경덕 박연폭포와 함께 송도삼절로 꼽혔던 황진이 그녀도 금강산을 보고 싶어 했다. 황진이는 양반집 자제인 이생을 길동무로 하여 금강산의 유정사, 정양사, 삼일포호수, 북쪽의 몽천암 등을 돌아보고, 북쪽으로 올라가 두류산, 묘향산, 관서팔경 등을 보고 돌아온다. 그 시대 지식인 남성들과 교류하며 금강산 애기를 수없이 들었을 황진이가 어찌 금강산을 가보지 않고 배길 수 있었겠는가.

한때 제주기생이었던 김만덕도 임금의 허락을 받고 금강산을 유람했던 여인이다. 만덕은 양인 집안에서 태어났지만 어려서 부모를 잃고 관청기방에 의탁하여 이름이 기생명부에 올려졌다. 스무 살이 되었을 때 기적에서 빼 달라고 소청하였는데, 제주관청에서는 양인이었던 만덕을 불쌍히 여겨 기적에서 지워주었다. 양인이 된 김만덕은 포구에 객주를 차리고 상인들의 상품을 위탁판매하는 중개 상인이 되어 제주도 최고의 여성 갑부가 되었다. 그렇게 모은 재산으로 1795년 제주에 가뭄이 들었을 때 재물을 풀어 굶주리는 백성 천여 명을 살려냈다. 제주 목사가 그녀의 선행을 조정에 보고하자, 정조임금은 만덕에게 상을 내려주려고 소원이 무엇이냐고 물었다. 만덕은 금강산 구경을 하고 싶다고 말했다. 당시에는 제주 여인들이 육지로 나가는 것을 법으로 금지하던 때였지만, 정조는 만덕의 평생소원이라는 금강산 유람을 허락하고 그녀가 가는 길에 있는 관청들에게 식량과 잠자리를 보살펴주라고 하였다. 만덕은 만폭동, 묘길상을 거쳐 삼일포에서 배를 타고 총석정을 거쳐 금강산을 두루 구경하였다. 그런 만덕의 행적은 조선왕조실록에 기록되었고, 채제공의 문집에도 「만덕

전」으로 실려 있다.

의유당 남씨의 「의유당관북유람일기(意幽堂關北遊覽日記)」는 지금까지도 문학적 가치를 인정받고 있는 작품으로 교과서에도 실려 있는 글이다. 남씨는 남편 신대손이 함흥 판관으로 임명되자 함흥 가는 길의 명승고적을 보려고 남편보다 먼저 출발하여 구경을 할 정도로 적극적인 여인이었다. 다섯 편의 글이 실려 있는 의유당일기 중 '동명일기(東溟日記)'에 실린 내용을 보면 아내가 동해의 일출을 보고 싶어 했지만, 남편 신대손은 아내의 말을 못 들은 척 들어주지 않았다. 일출을 보고 싶은 마음을 참을 수 없었던 의유당 남씨는 "한번 가면 돌아오지 못할 인생인데, 마음에 쌓인 우울증을 만금으로 치료하는 것보다 한번 노는 게 더 낫다"고 하며 남편에게 따졌다. "인생이 기하(幾何)오. 사람이 한번 돌아가매 다시 오는 일이 없고, 심우(心憂)와 지통(至痛)을 쌓아 매양 울울하니 한번 놀아 심울(心鬱)을 푸는 것이 만금(萬金)보다 나으리니."

얼마나 사랑스러운 투정인가. 아내가 구경을 못해서 머리가 지끈거리고 우울증까지 생겼다는데, 그녀의 말대로 한번 가면 다시 못 올 인생이 아닌가. 신대손은 아내의 소원을 들어주지 않을 수 없었다. 드디어 해돋이 구경을 하기로 한 날, 남씨는 새벽이 오기를 기다리다 못해 관가의 하인과 기생들을 재촉하여 일찍 집을 나섰다. 너무 이른 시간이라 해는 아직 떠오르지 않고, 같이 나간 사람들은 추워서 덜덜 떨고 있다. 남편은 쓸데없이 일찍 올라와 병나게 생겼다고 못마땅해 한다. 남씨는 죄인인 양 아무 소리 못 하고 동쪽 바다만 뚫어지게 바라보며 추위를 참는다. 아무 소리 못 하고 동쪽 바다만 뚫어지게 바라보며 추위를 참는 여인의 귀여운 모습이 눈앞에 보이는 듯 그려진다.

드디어 해가 솟았다. 그 순간 환희에 벅찼을 그녀의 마음을 들여다보지 않았어도 알만하겠다. 그녀는 변화하는 우주의 장관에 감동하여 그 광경을 명문장으로 표현해내었다. "처음 붉어 겉을 비추던 것은 모여, 소 혀처럼 드리워 물속에 풍덩 빠지는 듯싶더라." 해가 떠오르기 전, 빛에 물들어 있던 구름이 해가 떠오르자 수평선 아래로 스며드는 광경을 묘사한 것이다. 국문학사상 중요한 작품으로 꼽히는 의유당 남씨의 「관북유람일기」는, 새벽에 일출을 보고 돌아온 3일 후에 기록한 것이다.

세상이 궁금한 것은 남녀뿐 아니라 노소도 따로 없었으니, 「호동서락기(湖東西洛記)」를 쓴 금원이 여행을 떠났을 때는 열네 살 소녀였다. 어려서부터 병약하여 아버지가 여자가 해야 할 가사 일 대신 문자를 가르쳤는데, 열네 살이 되자 아버지를 설득하고 졸라 세상 유람을 떠난다. 딸에게 글을 가르친 것이나 어린 여자아이의 여행길을 허락해준 것으로 보아, 그녀의 아버지는 호방한 기질을 가졌을 듯하고, 금원은 그런 아버지의 기질을 이어받았을 것이다. 금원은 남장을 하고 고향인 원주에서 출발하여 제천 의림지, 단양 상선암과 사인암을 거쳐, 청풍의 옥순봉을 둘러보고 금강산으로 향했다. 금원은 금강산을 오르며 보았던 울창한 숲과 나무와 온갖 꽃들과 산길에서 마주쳤던 고즈넉한 절집들과 그곳에 깃든 이야기를 「호동서락기」에 명문장으로 표현해냈다.

方知天地大 客得一胸中(방지천지대 객득일흉중) 이제 알겠다. 하늘과 땅이 아무리 크다 해도 내 한 가슴속에 담을 수 있다는 것을.

금강산을 보고 토해낸 금원의 문장엔 웅혼한 기상의 사나이 못지않은 기백이 스며있고, 여성적인 섬세함까지 담겨 있어 문장은 더욱 빛을 발한다. 금원이 한양에 살 때, 남편 김덕희가 한강 부근에 지은 정자 '삼호정'에서 다섯 명의 여성 시인들과 함께 시모임 '삼호정시사(三湖亭詩社)'라는 조선 최초의 여성 시동인을 만든다. 「호동서락기」는 금강산을 다녀온지 20년 후인 1850년에 동인들의 독려로 쓴 것이라 한다. 그녀의 글은 마치 비단에 놓은 수처럼 섬세하여 바로 눈 앞에 펼쳐진 영상을 보는 것 같다고 평한다.

호기심 많은 또 한 여인. 선조 때의 여류시인 송덕봉은 「미암일기」를 쓴 미암 유희춘의 아내이다. 남편이 관직 생활로 먼 곳에 가 있는 동안 편지로 안부를 주고받았는데, 미암이 오랫동안 혼자 있으면서 기생을 가까이하지 않은 걸 자랑하는 편지를 보내자 '그것은 사나이가 지켜야 할 덕목인데 그걸 자랑이라고 하느냐'는 답장을 보낼 만큼 당당한 여인이었다.

덕봉은 남편이 매일 만나는 임금의 용안이 보고 싶었다. 미암은 그런 아내를 위해 어느 날 종묘 앞에 사는 조카의 종의 집에서 아내를 기다리게 하였다가, 새벽에 종묘에 제사 지내러 나온 임금을 보게 하였다. 그날 집으로 돌아와 그렇게 희한한 광경은 처음이라며 좋아했다.

그 외 공주 나들이 중에 금강에서 뱃놀이하며 보았던 풍경을 쓴 은진 송씨의 여행 가사 「금행일기」도 있고, '연안 이씨'의 「부여노정기」도 있다. 이렇게 글이 남아있어서 행적을 알 수 있는 이들 외에, 더 많은 여성들이 유람을 했을 것이다.

조선시대 성리학의 예법이 몸에 밴 남성들에게 여성들은 현모양처여야 한다는 사고가 지배적이었다. 고루한 생각을 가진 대신들은 세종임금에게 "임금님의 행차가 있거나 사신들이 오는 구경거리가 있을 때면 여자들이 거리에 몰려나와 천막을 치고 음식을 먹으며 법석을 떤다"며 여인들이 길에 나와 노는 걸 법으로 막아 달라고 했다. 문종 때에도 "사신행차에 여자들이 옷차림을 화려하게 하고, 술과 반찬을 가지고 나와 구경하는 걸 금지하게 하소서"라고 사헌부에서 상소를 했다.

성종이 동대문의 선농단에 친경(親耕)하러 나가는 어느 날, 송덕봉처럼 임금 얼굴이 보고 싶었던 여인들이 밤새 기다리다 거리로 몰려나왔다. 다음날 조정 회의에서 어김없이 대신들이 그 문제를 들고 나왔다. 대신들은 우리나라 부녀가 유독 노는 것을 밝힌다고 하며 부녀들이 길에 나와 노는 것을 금지시켜달라고 상소하였다. 그러나 성종은 "그것은 우리의 국속(國俗)에 따른 것이니 더 이상 문제 삼지 말라"고 하였다.

시시때때로 등장하는 부녀 구경꾼 시비에 "부녀도 내 백성인데 즐겁게 노는 것이 뭐가 나쁘냐"며 임금들은 내버려 두라고 하였다. 그때의 임금에게도 스타 의식이 있었을까. 임금은 자신을 보려고 몰려드는 부녀들을 은근히 즐겼을지도 모를 일이다. 오늘날엔 좋아하는 스타를 보려고 공연장 앞에서 밤새 줄 서는 소녀 팬들이 있고, 옛날엔 임금을 보려고 전날 밤부터 기다리는 부녀들이 있었으니, 선망의 대상을 향한 호기심은 예나 지금이나 다를 바 없나 보다.

옛사람들이 그리도 가고 싶어 했고, 수많은 시인 묵객들이 명문장을 남긴 금강산엘 나는 아직 가보지 못했다. 금강산 관광길이 막히게 될 줄 알았다면 진작 다녀올 걸, 다른 곳만 찾아다니느라 차일피일 미루다 못가고 말았다.

나도 옛 여인들처럼 알고 싶고 가보고 싶은 곳이 많아, 마음 맞는 지인들과 유적을 찾아 나서거나 나들이 삼아 길을 떠나기도 하는데, 동행하는 이들이 늘 같지 않아 그때마다 휴대폰 연락방의 이름이 바뀐다. 그때그때 갈 곳의 지명이나 유적지 이름을 쓰기도 하지만, 길 따라 떠나는 길 위의 인생이라 '길 귀신'이라 하거나 '역마살'이라 붙이기도 한다.

세상 구경에 나섰던 옛 여인들처럼 나도 세상 어딘가가 늘 궁금하다.

(2017, 에세이스트)

관음사 문살에 새겨진 '운나'

고려의 역사현장을 보고 싶었던 나는 개성관광이 시작되자마자 바로 신청하였다. 언젠가 한 번은 가보고 싶었던 곳이지만, 이념의 벽이 가로막혀 있는 북쪽 땅에 이렇게 가보게 될 줄은 생각도 못했었다. 넘어지면 코 닿을 곳이라는 말이 딱 맞을 만큼 가까운 거리인데, 수십 년의 세월을 돌아 이제야 가보게 된 것이다. 도라산 출입국사무소에서 까다로운 절차와 주의 사항을 듣고 버스로 개성에 들어서는 데 몇 분이나 걸렸을까. 잘 닦인 도로를 잠깐 달려왔는데 여기서부터 개성이라고 한다. 도로에 일렬로 늘어선 가로등 모양과 색깔이 다르다는 관광회사 직원의 말을 듣고서야 북쪽에 들어섰다는 것을 알 수 있었다. 남측에서 설비한 도로는 남쪽과 북쪽을 경계 짓는 금조차 없이 개성공단까지 이어지고, 산야는 늘 보아오던 시골 풍경을 닮아 있어 낯설지 않았다. 유적지로 가는 길에 보이는 낮은 산은 모두 층층을 이룬 밭으로 만들어져 있고, 조금 높은 산은 나무가 없는 '민둥산'이었다. 땔감이 부족하여 나무를 베어 썼기 때문이라고 한다. 지금은 간벌을 해줘야 할 만큼 울울창창한 남쪽의 산들도 전후에는 민둥산이었다. 북한의 경제가 어렵다는 걸 처음 맞닥뜨린 산에서부터 느낄 수 있었다.

송도삼절 중 하나로 손꼽히는 저 유명한 박연폭포를 보러 갔다. 폭포의 물줄기를 가두고 있는 고모담(故母潭) 연못 옆에는 조선시대 명기 황진이가 머리채에 먹을 적셔 초서체로 쓴 시를 새겼다는 용 바위가 있다. 중국 시인 이태백이 '여산폭포'를 바라보며 남긴 시구이다.

> 飛流直下三千尺, 疑是銀河落九天(비류직하삼천척, 의시은하락구천) 물줄기가 삼천 자를 날듯이 떨어지니 마치 하늘에서 은하수가 쏟아지는 듯하다.

박연폭포 옆 관음사로 가는 길 위로 올라섰다. 가파른 계단에 올라서자 박연폭포와 마주하고 서 있는 '범사정' 정자가 있다. 안내판에 '1700년에 지은 건물로 여기에 올라서면 마치 안개바다 위에 떠가는 것과 같다'고 하여 붙여진 이름이라고 쓰여 있었다. 범사정을 지나 산길로 오른다. 가파른 길을 따라 오르다 보면 고려 때 지은 대흥산성의 북문에 이른다. 대흥산성은 사적 52호로 천마산과 성거산의 골짜기를 끼고 축성된 포곡식 산성으로, 둘레가 10.1km가 되며 4개의 큰문과 사이문이 있었으나, 현재는 북문만이 잘 보존되어 있다고 한다. 범사정에서 대흥산성에 이르는 길을 옛사람들은 "개성의 금강"이라 하였는데, 특히 가을 풍경이 아름답고 신비로워 금강산에 온 듯하여 그렇게 불렀다 한다.

북문을 통과하여 30여 분 동안 850m 거리를 걸어 올라가니 관음사가 보인다. 관음사는 보물 33호로 지정된 고려시대의 사찰로 광종 21년인 970년에 법인국사가 처음 창건하였다. 현재는 대웅전과 관음굴, 7층 석탑과 승방 하나로 이루어진 작은 사찰로 남아있는 곳이다. 고려 말인 1393년엔 대웅전만 한 법당이 5개가 넘었다는데, 임진왜란을 겪으며 모두 불에 타버렸다고 한다. 현재의 대웅전은 1640년에 고려의 건축을 복원해서 세운 것이다. 대웅전 뜰 아래 7층 석탑이 고즈넉한 절 분위기와 어우러져 단아하게 서 있고, 그 옆에 있는 관음굴에는 관세음보살 좌상이 인자한 미소를 지으며 홀로 모셔져 있다. 대웅전 왼편으로는 1000년 전부터 솟아오르는 샘물이 쉼 없이 흘러내린다. 우리 일행은 모두들 산을 오르느라 말랐던 목을 시원한 샘물로 축이며 잠시 쉬었다.

내가 개성에 간 것은 이번이 두 번째로, 관광이 시작되자마자 다녀간 후로 6개월 만에 또 기회가 있어 다시 온 것이다. 지난번 관음사에 왔을 때는 대웅전 뒷문의 오른쪽 문살을 못 보고 갔었다. 개성에 다녀간 사람으로부터 관음사 뒷문에서 아름다운 문살을 보았다는 얘기를 전해 들었다. 기회가 되어 개성관광을 또 신청한 것은 개성을 다시 보고 싶기도 했지만, 문살을 보고 싶은 마음이 있어서였다.

대웅전 안쪽을 들여다보고 절 뒤편으로 돌아가 보았다. 대웅전 뒤쪽에 미완성인 체로 달려 있는 꽃 문살에 '운나'라는 소년이 새겨져 있었다. 문살에 대해서 전해 내려오는 이야기가 있다. 절 근처에 손재주가 뛰어난 '운나'라는 소년이 살고 있었는데, 관음사 복원공사를 할 때 목공 솜씨가 좋은 운나에게 아름다운 문양의 문살을 만들게 하였다. 밤낮으로 열성을 다해 아름다운 문살의 문양을 조각하느라 여념이 없던 운나는, 어느 날 어머니가 아프다는 소식을 들었다. 운나가 절의 주지 스님에게 어머니를 보러 가고 싶으니 보내달라고 애원했지만, 주지 스님은 일을 빨리 마쳐야 한다며 다 마치고 가라고 보내주지 않았다. 그러는 동안 운나의 어머니는 돌아가셨고, 일이 많아 갈 수 없었던 소년은 어머니의 임종을 지키지 못하고 말았다. 뒤늦게 어머니가 돌아가셨다는 걸 알게 된 운나는 "재간이 원수다"라며 자신의 왼팔을 자르고 슬피 울며 어디론가 떠나버렸다. 사찰 복원공사를 하던 사람들이 그의 가여운 사연을 잊지 못해, 소년이 만들던 그대로 문살을 걸어 놓고 운나의 모습을 새겨 넣었다. 문살을 조각한 사람들은 운나를 왼팔이 반쯤 잘려져 있는 모습으로 조각하여 걸었다. 효심과 바꾼 소년의 잘린 팔이 애처롭다.

개성여행에서 돌아와서도 오랫동안 관음사 문살의 소년이 잊히지 않았다. (2008)

여신묘(女神墓)

고조선 유적지로 답사를 떠나던 8월 초는 중국에도 더위가 한창이었다. 일주일 동안 더위에 시달리며 요하문명(遼河文明) 유적을 찾아다니며 본 것은, 기원전 5,000년경 사람들이 살던 집단 주거지와 각종 부장품을 발굴한 후에 흙으로 덮어 둔 흔적이다. 광활한 땅의 유적을 찾아가는 길은 두세 시간을 달려가서 잠깐 보고 또다시 몇 시간을 달려가는 여정이었다.

버스를 타고 가며 길 위에서 만나는 것과 보이는 것은, 지구의 한 귀퉁이 선한 사람들이 숨 쉬는 여유로운 풍경이었다. 시내를 벗어나자 보이는 것은 끝없이 펼쳐진 옥수수밭뿐이어서 세상에 인간이 먹는 식물은 오직 옥수수밖에 없는 게 아닌가 생각될 정도였다. 밭 옆으로 느릿느릿 노새를 몰고 가거나 타고 가는 농부의 모습이 자주 보였는데, 그렇게 많은 노새를 본 것도 처음이다. 노새는 엉덩이에서 커다란 배설물 덩어리를 툭툭 떨어트리며 어슬렁어슬렁 걸어가고 있다. 목적지를 향해서 바쁘게 달려가는 버스와 들판의 한가한 풍경이 대조적이면서도 묘한 조화를 이룬다. 권태롭기까지 한 그 풍경은 우리가 떠나온 현대의 바쁜 일상과는 너무나 다른 느낌이어서, 신석기시대에 이곳에 살았던 사람들의 삶이 저렇지 않았을까 생각되었다.

옥수수밭을 지나 세 시간을 달려간 곳은 요녕성 부근, 내몽고 지역에 있는 '동산취' 제단이었다. 밭 가운데로 조금 올라가니 넓은 터가 있었다. 이곳에서 1979년에 대형제단 유적인 '동산취유적'이 발견되어 주변 지역에 대한 지표조사가 시작되었고, '동산취'에 이어서 50km 떨어진 우하량 유적에서 대형제단과 여신묘, 그리고 적석총군(積石塚群)이 발굴되었다고 한다. 발굴된 유물과 제단, 여신묘, 적석총의 형태로 보아 그 당시에 이미 계급사회로 들어섰고, 사회적 분업이 이루어진 '초기국가' 단계의 모든 조건을 갖춘 문명사회였을 것이라고 했다. 제단 터에 제사상을 차렸다. 도중에 노점에서 사 가지고 올라온 과일을 진설하고, 올라오다가 내가 꺾은 노란 꽃으로 제단을 치장했다. 그리고 처녀 세 사람의 머리에 수건을 쓰게 하고 청년 세 사람의 머리에는 풀을 꽂아 제관이 되게 하였다. 일행 중 한 분이 고조선 유적에서 발굴한 사진을 보고 만들었다는 찻잔에 차를 따라 올린다. 이번 여행의 총 책임자가 초헌관이 되어 제문을 읽는데, 울음을 머금은 목소리가 떨리고 절을 하는 일행의 마음도 모두 숙연해진다. 둘러선 채로 인솔자인 지리학 교수가 고조선의 지리적 범위에 관해서 이야기를 하는데, 모두들 귀담아 듣느라 뜨거운 태양도 아랑곳하지 않는다. 조상의 제단 터로 알려진 곳에서 제를 올리며 숙연했던 마음이 한참 동안 가시지 않았다.

재야사학계에서는 상당히 넓은 지역을 고조선 유적으로 보는데, 그것은 중국 문명에는 없고 한반도에서만 볼 수 있는 빗살무늬토기, 비파형동검, 적석총 등의 유물이 발굴되었고, 여러 경로의 역사적 고찰과 연구에 의하여 단군이 나라를 세웠던 고조선이 있던 지역으로 추정하기 때문이라고 한다. 특히 적석총은 요동반도와 한반도에서만 발견되는 우리 민족 고유의 장묘 형식이다. 우하량 유적에서 발굴된 여신이 단군신화에 나오는 웅녀가 아닐까 하는 것은, 발굴된 유물들의 연대가 단군이 고조선을 세웠다는 기원전 2333년과 비슷한 시기이며 지역 또한 고조선이 있던 일대라는 것이다.

우하량 지역 일대를 발굴하던 중에 '여신묘'로 올라가는 계곡에서 흙으로 빚은 코를 발굴하였는데, 나중에 그 아래 지점에서 코가 없는 여신의 얼굴을 발견하여 떨어진 코를 얼굴에 맞추었더니 꼭 들어맞았다고 한다. 흙으로 빚은 형상이 몇천 년 동안 풍상을 견디며 서로 짝을 이루었으니, 각각 다른 곳에 있으면서 만나게 될 날을 기다려 온 것일까. 지금은 역사로 바뀌게 되었지만, 단군을 우리나라의 시조라고 하면서도 신화로 여겨왔었다. 하지만 신화는 단순한 허구가 아니라 역사적으로 있었던 사실을 상징적으로 해석한 것으로, 고대인들의 삶과 역사와 자연에 대해 그 시대의 논리체계로 전해 내려온 것이라 할 수 있다. 현대의 여타 종교가 일어나기 전, 고대인들에게는 그들의 삶과 가장 가까운 동물이나 물건을 신격화하는 애니미즘이나 토테미즘이 있었다. 고조선이 국가를 이루기 전에는 그 지역에서 호랑이를 숭배하는 호랑이족과 곰을 숭배하는 곰족이 서로 영토 싸움을 하다가 곰족이 이기게 되고, 다른 곳에서 유입되어 온 환인 집단의 환웅과 곰족의 웅녀가 짝을 이루어 단군을 낳아 고조선을 세웠다는 것이다. 이것이 쑥과 마늘에 얽힌 곰과 호랑이 이야기이고, 하늘에서 내려온 환웅과 웅녀가 결합한 단군신화의 해석이며 고조선의 역사라는 얘기이다. 우하량 '여신묘' 유적지에서 발굴한 동물 조각에는 용과 돼지의 형상이 있었고, 제단 터에서는 제사에 사용된 곰의 아래턱뼈가 발견되기도 하였다고 한다. 부장된 옥기들 중에 돼지 형상으로 보고 옥저룡(玉猪龍)이라고 하는 것이 있는데, 곰의 형상에 더 가까워 지금은 옥웅룡(玉熊龍)으로 보고 있고, 그 지역을 주도했던 세력들이 곰을 숭상했던 민족이었을 가능성을 말한다.

한동안 방영되었던 드라마 「태왕사신기」는 고구려 제19대 광개토대왕의 얘기를 다루어, 단군신화와 연결시킨 판타지 드라마로 만들었다. 제정일치 시대였던 그때는 제사를 맡은 여사제가 왕과 같거나 비슷한 위치였다. 여사제는 여신을 대신한다고 볼 수 있는데, 여신은 모계사회를 의미할 수도 있고 만물의 근원이 모태로부터 생겨났음을 상징적으로 보여주는 것일 수도 있다.

한국에서 온 사람들이 터만 남은 유적지를 찾아다니며 우리의 옛 영토였다고 주장하니까, 중국 공안들이 지키며 한국 관광객들을 들어가지 못하게 하는 곳도 있다. 동산취제단에서 제를 지내고 나와 석곽묘 유적을 찾아갔을 때, 여러 개의 돌널이 들어있는 석곽묘를 보고 모두들 흥분하는데, 저쪽에서 지키고 있던 공안원이 뭐라고 소리치며 달려온다. 때마침 비가 쏟아지기 시작했지만, 그래도 사진은 찍어야 했고 공안원이 쫓아오니 도망도 가야 하는데, 빗물이 눈과 입으로 마구 밀려들어 온다. 잡히면 1인당 벌금이 상당하다는 이 교수의 말을 들으며 쏟아지는 빗속을 뚫고 버스를 향해 뛰었다. 버스에 오른 일행은 30여 명의 사람들이 붙잡히지 않아 벌금을 내지 않아도 되니 돈 벌었다고 큰 소리로 웃었지만, 마음은 씁쓸했다.

중국인들은 스스로를 염제와 황제의 자손이라는 의미의 염황지손(炎黃之孫)이라고 하더니, 지금은 '중화삼조당'을 지어 놓고 염제, 황제와 함께 동이족의 왕이었던 치우(蚩尤)의 초상화를 붙여 놓고 함께 제사 지내며 중화민족의 세 조상으로 받들고 있다. 그들은 치우에 대해 별 관심이 없었으나, 2002년 월드컵 때 우리의 젊은이들이 치우천왕을 상징하는 도깨비 상의 깃발을 들고 응원을 한 이후 중국의 시조 왕으로 만들어버렸다. 한국인들이 치우를 동이족의 조상으로 높이려 하자 동아시아 최초의 대규모 전쟁인 탁록대전에서 치우와 싸워 패배했던 아픈 역사의 인물을 자신들의 조상으로 끌어안았다. 그렇게 하여 우리를 중국의 부족국가로 전락시켜

버리려 하고 있다는 것이다. 단군이 다스렸던 고조선, 광개토대왕이 넓혔던 광활한 땅을 되찾을 수는 없겠지만, 잃었던 고지도 속의 영토는 되찾아 우리의 역사를 바로 잡아야 하지 않을까. 일부 역사학자들은 "지금 그것을 이루지 못한다면 조상들에게는 낯이 서지 않는 일이고, 후손들에게는 더 큰 짐을 물려주는 결과"가 될 것이라 여기고 계속 연구를 하고 있다. 중국이 5,000여 년 전의 요하문명을 발굴해 그들의 역사라고 주장하는 고구려사 왜곡은 동북공정의 일부분에 불과하고 우리의 역사 전체를 중국 역사에 편입시키려는 음모라는 것이다.

이번 여행에서 잊지 못할 사건은 적석총을 찾아낸 일이다. 그곳도 중국당국이 공개하지 않는 곳이어서 거대한 적석총이 발굴되었다는 것을 말로만 듣고, 그때까지 일행 중 누구도 어디에 있는지 확실히 아는 사람이 없었다. 그동안 세 번이나 적석총을 찾아 이곳에 왔었지만 한 번도 못 찾았다는 W 교수가 다시 가보자고 하여 그 부근을 찾아가는 길이다. 버스가 무작정 달려가고 있는데 동산취제단에서 제문을 읽던 분이 맨 앞자리에 앉아 있다가 차를 세우라고 하였다. 버스 기사가 급정거시키자 숲속을 가리키며 그곳으로 가보자고 한다. 영문은 모르지만 모두들 숲속으로 뛰어들었다. 길도 제대로 없이 나무와 수풀이 우거져 걷기도 힘든 곳을 한참 들어갔더니 100여m 넓이에 높이가 30~40m 정도의 작은 동산만 한 적석총이 있었다. 누구의 무덤일까. 이 정도 크기의 무덤이라면 적어도 군장급 지도자였을 것이라고 하였다. 적석총을 발견하여 그 실체를 볼 수 있었던 것은 이번 여행의 큰 수확이었다.

발굴한 비파형 동검과 삼족기 등의 유물을 오한기 박물관에서 보기는 했지만, 이번 여행에서는 거의 발굴하고 덮어둔 터만 보고 다녔다. 그러나 역사는 눈에 보이는 것만이 아니라 보이지 않는 것도 볼 수 있을 때 비로소 드러난다고 하지 않는가.

(2007)

장단면사무소의 뽕나무

오일장 난전 한구석에서 촌로가 함지박에 오디를 수북이 담아 놓고, 지나가는 사람을 향해 먹어보라고 권하고 있다. 흰 무명 앞치마를 입은 모양새가 백발의 머리와 잘 어울리는 것이 전문적인 상인 차림이 아니다. 집 옆에 저절로 자라난 뽕나무가 있는데, 올해는 유난히 열매가 많이 달려 따온 것이라며 묻지도 않는 말을 한다. 노인은 뽕나무 열매를 손자의 과자 값을 생각하며 들고 나왔을 것이다. 어릴 적에 먹던 생각이 나서 오디 한 알을 집어 입에 넣었다. 달콤한 물이 입안 가득히 퍼진다. 한 사발만 달라고 했더니, 요즘은 잘 쓰지도 않는 스테인리스 사발이 넘치게 담고도, 그릇에 반이 넘게 덤으로 얹어

주었다. 집에 돌아와 흐르는 물에 살랑살랑 흔들어 씻어서 손가락과 입술이 까매지도록 먹었다.

어릴 때 살던 마을 개울 건너 낮은 산 밑 채마밭 둑에도, 뽕나무에 까맣게 익은 오디가 나무에 가득 달렸다. 산 위에서 불어오는 맑은 바람과 신선한 공기와 과육에 단물이 배도록 구름 사이사이로 비춰주는 햇빛으로 빚어진 오디는 씻지 않고도 먹을 수 있었다. 친구들과 오디를 따 먹으면 함박웃음으로 한껏 부푼 입술 사이로, 물든 이가 까맣게 빛났다.

남방 한계선 안쪽 비무장지대로 답사를 갈 기회가 있었다. 장단면 일대였던 곳을 들러보게 되었는데, 전쟁 전에는 사람들로 북적거렸을 마을이 흔적 없이 사라지고 수풀만 우거져 있다. 장단면사무소로 가는 길 물싸리 나무가 군락을 이룬 곳에, 인기척에 놀란 고라니가 나무들 사이로 겅중거리며 달아나는 적막한 곳이다.

이중벽으로 튼튼하게 지어진 장단면사무소는 외벽이 군데군데 무너져 흉한 몰골로 서 있었다. 무너져 흙더미가 쌓여 있는 담 사이로 들어서려니, 거미줄이 얼굴에 들러붙는다. 거미줄을 손으로 치우며 여기저기 돌아보는데, 한쪽 구석에 뽕나무 가지가 뻗치고 들어와 있는 게 보인다. 건물 안에서 뽕나무가 자라고 있는 게 궁금해서 살펴보니, 밖에 있는 나무뿌리가 뻗고 들어와 싹을 틔우고 가지를 친 것이다. 허물어진 벽 사이로 빛과 바람이 들어와 뽕나무가 잘 자랄 수 있는 환경을 만들어주고 있었다.

장단면사무소에서 나와 장단역이 있던 곳을 찾아갔다. 장단역 역사는 전쟁 때 파괴되어 없어지고 플랫폼 일부만 남아 있었다. 모든 것이 파괴된 마을엔 사람이 살았던 흔적이 하나도 남아있지 않았다. 어느 전쟁영화 속 한 장면을 보는 것 같았다.

장단역에서 조금 떨어진 곳에 철길 위에 놓인 작은 육교 '죽음의 다리'는, 육교를 중심으로 인해전술로 쳐들어온 중공군에 의해 수많은 연합군이 죽어 '죽음의 다리'라는 이름이 붙여진 것이다. 일행 중에 장단이 고향인 이가 감회에 젖은 눈으로 잡풀이 우거진 마을이 있었던 자리를 바라보며, 어린 시절의 추억을 더듬는다. 사람들이 살던 흔적이 남아있지는 않지만, 마을이 있던 자리나, 곡식이 자라던 들판을 바라보며 그는 이곳에서 살았던 날들을 그리워하고 있다. 민간인 출입 통제선에서 얼마 떨어지지 않은 곳에 있는 장단면, 그곳을 고향으로 둔 사람들은 지척에 고향을 두고도 가지 못하는 실향민들이다.

장단역 앞 기차가 다니던 선로에는 북으로 가다가 중공군의 남침에 밀려 폭격을 맞고 서 있는 기차가 화통만 남은 채 서 있다. 오랜 세월 풍상에 시달리며 빨갛게 녹이 슬어있는 기차 위에 폭격으로 뚫린 커다란 구멍 속에 뽕나무가 우뚝 솟아 올라와 있다. 오디 열매를 먹은 새가 들어가서 싼 똥에서 발아한 것일까. 몇십 년 동안 쌓인 흙먼지 속에서 크게 자라, 열매를 맺은 나무가 기특하다. 거기 옛 철도 옆으로 개성으로 가는 철로가 새로 놓였다. 한동안 개성공단으로 물자를 실어 나르는 열차가 운행되더니, 지금은 도라산역까지만 운행되고 있다. 언젠가 그 길을 통해 신의주까지 달려갈 날이 있을까.

무장한 헌병들의 호위를 받으며 개성으로 가는 경의로를 따라 장단면 북쪽 군사분계선까지 가보았다. 군사분계선 앞에 "어서 오십시오 여기서부터는 개성시입니다"라고 쓴 높다란 이정표가 서 있다. 10m 전방 아스팔트 위에 가로 그어놓은 선이 남과 북의 경계 표시로 그 선을 넘으면 북쪽에 서 있게 된다. 마음이 숙연해지며 무어라 표현할 수 없는 감정이 교차한다.

장단면사무소 건물 안에 있던 뽕나무는 내년에도 저 혼자 열매를 맺겠지. 언젠가 사람들이 다시 돌아와 활기찬 마을이 될 때까지 그 자리를 지키고 있을 것이다. 누군가 와서 열매를 따 먹기를 바라며, 뽕나무는 외로운 날들을 견뎌내야 하리. 폐허가 된 장단면 우거진 잡풀 사이에서 까마귀 한 마리가 푸드덕 날아오른다.

(2004)

* 장단역에 있던 기차 화통은 2007년 임진각에 옮겨져 관광객들이 볼 수 있게 하였고, 화통 위에서 자라던 뽕나무도 기차 옆에 심어놓아 해마다 열매를 맺고 있다.

치쿠린지의 젊은 영혼

나라와 나라의 소통은 외교적 수완에 따라 영향을 미치고, 성과에 따라 전쟁과 평화가 엇갈리며 한 나라의 경제가 흔들리기도 한다. 조선시대에도 외교관으로서 사신의 역할이 매우 중요하였다. 조선시대에는 중국으로 가는 사행 길과 일본으로 가는 조선통신사가 있었다. 조선통신사가 갔던 길을 따라 여행을 떠났다.

떠나던 날, 인천공항에 도착하니 일행을 안내할 가이드가 먼저 와서 기다리고 있었다. 여행 가방을 부치고 있던 가이드는 멀찍이서 보아도 키가 크고 균형 잡힌 몸매가 상당히 매력적인 남성 가이드였다. 미지의 세계로 가는 길은 떠날 때마다 설렘을 동반하지만, 잘생긴 가이드와 함께라면 여행이 더 즐겁지 않겠는가. 비행시간이 2시간이 채 안 되니 기내에서는 간단하게 샌드위치와 음료만 제공되었는데 진한 커피 맛이 일품이다. 커피 향기에 취해 있는 사이 비행기는 일본 상공을 날고, 창 아래로 일본 열도가 내려다보였다.

조선통신사가 일본을 오가던 그 당시 통신사로 떠난 일행은, 한 번에 500여 명이 넘었다고 한다. 이번 여행은 통신사 일행이 지나갔던 길을 되짚어가는 길이다. 임진왜란 후, 정권을 잡은 '도쿠가와 이에야스'는 조선과의 소통을 원했다. 1607년부터 1811년까지 열두 차례의 통신사 방문은 외교적 목적으로 가는 정사, 부사, 통역관 외에 기예를 하는 연예단과 그림을 잘 그리는 사람, 글씨를 잘 쓰는 사람들까지 대동하여 가는 곳마다 기예를 펼치고 그림이나 글씨를 써주었다고 한다.

대마도의 영주로 부산에서 조선어를 배웠고, 조선통신사를 초청할 때마다 가교 역할을 하였다는 인물인 '아메노모리 호슈(雨森芳洲)'의 생가에 먼저 들렀다. 그를 역관이라 부르지만, 그가 한 일로 보아 외교관이라 하는 것이 더 옳을 만큼 조선과 일본에 많은 영향을 끼친 인물이다. 다음으로 도쿠가와 이에야스 막부의 쇼군만 이용할 수 있는 길을, 조선통신사들을 지나가게 했다는 그래서 "조선인가도(朝鮮人街道)"라 부르는 길을 걸으며 500여 명의 조선통신사 일행이 걸어가는 장관을 그려보았다.

가이드는 열정이 많은 사람인지 달리는 버스 안에서 잠시도 쉬지 않고 일본의 역사와 답사할 곳의 정보를 설명한다. 마침 여행 떠나기 전에 일본 장편 역사소설 『대망(大望)』 10권을 다 읽은 터라, 그가 들려주는 일본 역사를 이해하기 쉬웠다. 그러나 때때로 그의 말은 일본 편향적인 태도를 보여 듣는 사람들을 매우 거북하게 하였다. 결국 일행 중 한 사람이 불편한 기색을 드러내고 언짢은 소리를 했다. 가이드의 변명인즉 일본인이 우리에게 갖는 생각을 말한 것으로, 일본인의 감정과 생각을 모르면서 아전인수 격으로 우리가 유리한 대로 생각하고 행동하면 일본인들을 이길 수 없다는 것이다. 일본인들의 생각을 바로 알아 두어야 우위에 설 수 있다는 그의 지론이다. 그럴 수도 있겠구나, 생각하면서도 마음은 여전히 거북했다.

다음 날 아침 일찍 호텔에서 뷔페식 식사를 하였다. 남들이 몸에 좋은 것이라며 열심히 먹는 '낫토'가 입에 맞지 않아, 식빵을 구워 커피와 함께 아침을 대신하였다.

어제와 오늘 바쁘게 여러 곳을 답사 한 중에 치쿠린지(竹

林寺)가 유난히 가슴에 남는다. 가슴에 남았다기보다 애처로운 감상에 젖었었다고 하는 게 옳을 것이다. 치쿠린지는 통신사 일행으로 왔다가 이곳에서 죽은 김한중의 묘비와 최천종의 위패가 있는 곳이다. 절이라고는 하나 앞에는 절이고, 절을 둘러싸고 있는 옆과 뒷마당에 묘비가 빽빽이 들어 서 있어 절과 묘지가 같이 있는 형태이다. 절 뒤로 돌아 가보니 김한중의 비석이 조그맣게 세워져 있다. 김한중은 스물두 살에 통신사 일행의 소동으로 따라왔다가 병에 걸렸다고 한다. 병중에 있던 김한중은 고향에 두고 온 어린아이들을 몹시 보고 싶어 했다. 김한중을 위해 그의 어린 두 아이들과 같은 또래의 애들을 데려와 위로해주었지만, 별 차도 없이 죽었다고 한다. 최천종은 1764년 4월 7일 오사카 니시혼간지(西本願寺)에서 일본인 '스즈키 덴죠(鈴木傳藏)'에게 살해되었다. 치쿠린지 후원에 최천종의 묘비는 없었고 절 안에 위패가 있다고 하는데, 주지스님이 출타 중이어서 위패를 보지 못했다. 우리는 그곳에서 가까운 마츠시마 공원에 있는 두 사람의 비석을 보러 갔다. 비석에는 조선통신사 김한중과 최천종이 죽은 사연이 적혀 있었다. 250여 년 전 고향을 떠나 이곳에서 죽은 조선의 두 젊은이의 명복을 빌면서 비석 앞에서 사진을 찍었다.

치쿠린지에서 돌아와 호텔에 짐을 던져 놓자마자 몇 사람이 맥줏집을 찾아 나섰다. 낮에 본 젊은 두 영혼의 슬픈 사연이 아직 가슴에 남아 있어 그냥 잠들 수 없다는 게 맥주를 마시러 나간 이유이다. 일행은 한 순배 두 순배 술잔을 돌리며, 김한중과 최천종의 영혼을 위로했다. 오래전 일본에 왔다 간 조선통신사 이야기로 일본의 밤이 깊어갔다.

(2013)

냇물이 흘러가듯

파주 삼릉에는 공릉, 순릉, 영릉 세 개의 능이 있다. 영릉 오른쪽을 휘돌아 계곡을 타고 내려온 물줄기가 낮은 내에 이른다. 여름 한낮 뜨거운 태양 아래 유유히 흘러내려 가는 물을 무심히 바라본다. 깊지 않은 냇물이 하도 맑아 물 아래 모든 것들이 훤히 들여다보였다. 파랗게 이끼 낀 돌 위를 거침없이 흐르던 물줄기가 구슬처럼 하얀 포말을 토해내고, 크고 작은 물거품은 태양 빛에 영롱한 무지갯빛을 드러내고 있다. 거품 알갱이들은 평평하고 구석진 자리에서 주춤거리며 군집하였다가, 더 세찬 물의 힘에 밀리면 거품기를 싹 거두고는 언제 그랬냐는 듯이 시침 떼고 물의 성질대로 다시 흘러내려 간다.

물의 흐름이 느려지는 곳, 그곳에 방울방울 모여 있는 거품이 궁금하여 냇가에 쪼그리고 앉아 물속을 들여다본다. 거품이 생기는 곳에 물 위로 머리를 내민 뾰족한 돌이 있고 돌 위에 갈잎이 붙어 있다. 편안히 흐르던 물이 돌과 갈잎의 방해를 받아 거품 구슬을 생성해내고 있었다. 조개의 품속에서 조개의 아픔을 딛고 만들어지는 진주처럼 돌에 부딪히며 만들어진 물의 상흔이다. 거침없이 흐르던 물이 돌을 만나 한순간 변화돼버린 것, 그것이 물거품이었다. 그러나 물의 성질은 변하지 않으니 본질에 새로운 세계가 구축된 것이라고 할까. 산속 깊숙한 곳에서 흘러나온 물은 바다로 가기까지 수많은 시련에 부딪히고 변화한다. 변화는 새로운 세계를 만들어 한동안 그 상태에 머물다가 어떤 계기를 만나면 또다시 다른 세계로 나아갈 것이다. 역사도 이와 같아 한 시대가 역사적 사건을 만나면 새로운 패러다임이 시작되고 새로운 세계가 구축된다. 이 세상 아무것도 그대로 머물러 있지 않으니.

이곳 영릉의 주인은 조선 21대 영조의 맏아들이며 사도세자의 이복형인 진종이다. 그는 일곱 살 때 세자가 되었으나 열 살 때 병으로 죽어 여기에 묻혔다. 그러나 역사의 회오리바람은 죽어 땅속에 잠들어 있는 어린 영혼을 자유롭게 놔두지 않았다. 그의 죽음으로 영조의 둘째 아들이 세자가 되었으나, 그도 왕이 되지 못하고 죽은 후에 영조로부터 사도(思悼)라는 시호를 받은 비운의 왕자가 되었다. 사도세자가 죽고 그의 아들 이산이 세자가 되지만, 사도세자의 아들로는 왕이 될 수 없어 10세에 죽은 진종의 양아들이 된다. 열 살짜리 어린 그는 무덤 속에서 정조의 양아버지가 된 것이다. 영릉 아래엔 두 개의 비각 안에 세 개의 비가 세워져 있다. 하나는 열 살 때 죽은 후 시호를 효장으로 하여 세운 비이고, 정조가 왕이 된 후 진종으로 추존하여 세운 비와, 대한제국 때 다시 진종소황제로 추존되어 세운 비가 또 하나 있으니 그의 영혼은 흙으로 돌아간 후에도 평안치 못하고 시끌시끌했을 것이다.

조선은 왕권보다 신권이 강한 나라였다. 강한 영향력을 행사한 몇몇 왕이 있기는 했으나 그들도 완전하게 왕의 절대 권력을 행사하지는 못했다. 정조는 힘겨운 과정을 거쳐 조선의 22대 왕이 된 후에, 아버지의 죽음과 연관이 있는 당쟁을 혁파할 정치개혁을 서둘렀다. 정조 시대의 정치개혁은 사도세자를 죽음으로 내몬 집권 노론의 세력을 약화시키는 것이었다. 하지만 끈질긴 노력에도 불구하고 정조는 끝내 정치개혁에 실패하고 왕위에 오른 지 24년 만에 세상을 떠난다. 그렇게 역사의 장은 또 다른 주인을 찾아 넘어가버렸다.

다른 두 개의 능에는 한명회의 두 딸이 묻혀 있다. 두 딸을 2대에 걸쳐 세자빈으로 들여보낼 만큼 세도가 당당하던 한명회, 그는 수양대군과 결탁하면서 정치적 야망을 키웠다. 수양대군의 책사로서 계유정난(癸酉靖亂)을 성공시키고, 일개 궁지기에서 영의정의 자리에 올랐으니 오직 그 시대가 만든 역사라고 할 수 있을 것이다. 셋째 딸은 예종비, 넷째 딸은 성종비로 만든 그의 능력을, 탁월한 능력 때문이라고만 해석할 수는 없다. 그러나 역사는 순리대로 흐르지 않으니, 한명회의 두 딸 중 예종비는 왕비가 되기 전 열일곱 살에 아이를 낳고 얼마 후에 죽고, 성종비는 왕비가 된 지 5년 만에 열아홉의 나이로 죽는다. 부와 명예와 권력을 모두 누렸지만, 두 딸을 먼저 보내고 1487년 73세를 일기로 생을 마감한 한명회는 1504년 갑자사화 때 연산군의 생모 윤비의 폐사와 관련하여 부관참시(剖棺斬屍)를 당하는 변을 겪는다.

바닷속에 오랜 세월 세상의 찌꺼기가 가라앉아 썩고 있으면, 파도와 해일이 천지를 뒤흔들어 바닷속 깊은 곳을 뒤집어엎듯, 역사도 구태의연해지면 한바탕 태풍이 요동치며 새로운 세대로 넘어간다.

영릉이 자리하고 있는 이 산은 태곳적부터 생성된 것일

까. 아니면 지구의 지각 변동에 의해 어느 때 새로이 생성된 것일까. 어찌 되었든 산이 생긴 이래로 이곳의 역사도 시작되었을 것이다. 산속 땅 깊숙이 파고들었다가 골짜기 따라 흘러내리는 도도한 물길은 영릉 주인의 역사와 함께 흐르고 있다.

물을 들여다보고 있으려니 삐죽이 솟아 나온 돌의 방해로, 뽀글뽀글 작고 큰 물방울들이 계속 불어나고 있다. 물방울은 분노한 민초들의 아우성치는 함성처럼 서로 밀고 밀리며 새로운 세상을 향해 당장이라도 달려갈 기세로 쏟아져 내린다.

역사가 흘러가듯 냇물도 흘러가고 있다. (2013)

공자와 엘비스 프레슬리

보광사로 가는 길가에 '엘비스 프레슬리'가 노래하는 사진과 실물보다 더 큰 기타가 그려진 입간판이 서 있다. 길 위쪽 100여m쯤 경사진 곳에도 '엘비스 프레슬리'라 쓴 글씨와 사진이 지붕 위에 걸려 있다. 이런 시골에 '엘비스 프레슬리'라니 어울리지 않는 엉뚱한 이질감을 준다. 이곳을 지나갈 때마다 뭐 하는 곳일까 궁금해하다가 어느 날 시간이 있기에 들러보았다. 언덕길을 따라 올라가 보니 엘비스프레슬리기념관 '팔로우 댓 드림, Follow that dream'이라는 글씨가 한글과 영어로 쓰여 있었다. 기념관 앞 좁은 길을 마주한 곳에는 '성사영묘(聖師影廟)'가 자리하고, 기념관 옆 울타리 너머에는 작은 절이 있는 참 별난 곳이다. 사람은 보이지 않고 조용한 마당에 서너 대의 낡은 전시용 외제 차가 세워져 있는데, 개집에 묶여 있는 진돗개 두 마리가 인사치레인 양 짖어댄다.

기념관 마당에서 두리번거리는데, 귀밑머리가 엘비스 프레슬리를 닮은 남자가 나와서 기념관으로 안내한다. 자신이 관장이라고 소개하는 그의 수염과 머리가 엘비스 프레슬리와 똑같았다. 기념관 벽면에는 크고 작은 엘비스 프레슬리의 사진이 가득하고, 각종 기념품, 악기 등 그와 관련된 것들이 빈틈없이 진열되어 있었다. 관장이 그에 대한 설명을 한참 하더니, 한쪽 벽 전체를 차지한 화면에 엘비스가 생전에 출연했던 음악 영화를 보여준다. 화면에는 엘비스가 춤추며 노래하는 젊은 시절의 모습이 보이고, 그가 부르는 노래가 넓지 않은 실내를 쾅쾅 울린다. 열렬한 팬은 아니더라도 엘비스 프레슬리의 노래는 어느 정도 알고 있었다. 영화가 끝날 때까지 있을 수 없어서 반쯤 보다가 일어서니 관장이 차 한잔하고 가라며 사무실로 안내한다.

관장은 젊어서 챔피언까지 차지했던 권투선수 출신이라고 했고, 현재는 충무로에서 인쇄업을 하고 있다고 한다. 그가 사재를 들여 운영 중인 기념관은 중학교 다닐 때 처음 엘비스 프레슬리의 노래를 듣고 반해 그의 LP판을 사기 시작하면서,

그와 관련된 것들을 하나하나 수집한 것이라 한다. 그는 엘비스 프레슬리와 기념관에 대해서 열정이 철철 넘쳐 하고 싶은 말이 많은 듯했다. 기념관을 만들기 위해 4년 동안 준비하여 엘비스 프레슬리의 사망일을 기념해 2000년 8월 16일 400평 규모의 건물에 기념관을 개장했다고 한다. 그의 이야기를 듣고 보니, 중학생 때부터 엘비스 프레슬리와 함께 살아온 30년간의 자취가 방금 보고 나온 기념관 안에 배어 있는 것을 알 수 있을 것 같았다.

엘비스 프레슬리(1935~1977)는 미국에서 20세기에 활동한 가장 잘 알려진 가수로 로큰롤의 황제라는 별명을 갖고 있으며, 20년 동안 30편이 넘는 영화에 출연하여 영화배우로도 활동했다. 세계에서 비틀즈와 함께 가장 많은 앨범을 판 가수로 약 10억 장 이상이 넘는 판매고를 기록한 것으로 알려져 있다. 기념관에는 엘비스 프레슬리가 발표한 72장의 LP와 다큐멘터리 영화 2편, 생전에 그가 출연한 33편의 영화와 최신 DVD 20여 편, 각종 잡지와 신문기사, 포스터, 기념품 등이 있었다. 기념관 건물은 미군 부대 막사로 사용했던 것을 사용한 특이한 모양으로 외관에는 엘비스 프레슬리가 여기저기 크게 그려져 있고, 마당에는 그가 탔던 기종의 고물 자동차가 여러 대 전시되어 있었다.

들어와보기 전에는 카페가 아닐까 했는데 음료는 물론 기념품 하나 팔지 않는다. 엘비스를 좋아하는 사람들이 주로 찾아오고 있고, 기념관이 있다는 것을 아는 사람이 많지 않아 토요일과 일요일에만 문을 연다고 한다. 엘비스의 생일인 1월 8일과 사망일인 8월 16일, 일 년에 두 번 정기적인 행사를 여는데, 이날은 많은 팬들이 모여들어 엘비스를 추억하고 기리며, 평소 그가 즐겨 먹었던 음식을 관장이 직접 요리해서 제공한다고 했다. 엘비스프레슬리기념관 '팔로우 댓 드림', 이곳은 단순히 그와 관련된 각종 자료를 전시해놓은 전시관이나 기념관이라기보다 엘비스 프레슬리를 더욱 가깝고 친근하게 느낄 수 있게 하는 전용 문화관이며 극장이었다.

기념관 맞은편에 있는 '성사영묘'는 파주의 역사유적을 조사하면서 와본 적이 있는 곳이다. 그곳은 공자의 유상(遺像)을 신위로 모셔놓은 사당으로, 성종의 넷째 아들 '완원군'이 명나라에 사신으로 갔다가 명나라 황제 헌종으로부터 받아온 것이라 한다. 공자상은 그동안 완원군 후손들에 의해 전해져 오다가 사당인 '성사영묘'를 지어 안치하였다.

엘비스 프레슬리보다 약 2500여 년 먼저 태어난 공자는 유가 철학의 시조로, 춘추시대 말기에 노나라에서 태어났다.

공자는 자기를 등용해줄 왕을 찾아 노나라를 떠나 제자들과 함께 13개국을 '주유천하' 하며 인도(仁道)를 실현하려 했지만 실패하고 말았다. 올바른 정치보다 부국강병을 원했던 왕들은 어느 나라에서도 공자를 오래 등용하지 않았다. 자신의 이상이 실현되지 못하자 공자는 미래에 희망을 걸고 고향인 곡부로 돌아와 후학을 양성하였다.

정치가로서의 인생을 끝내고 교육가로서의 인생을 시작한 그의 철학의 중심은 인의예지(仁義禮知)이다. 지금까지도 공자의 가르침인 '논어'는 현대를 사는 이들의 지침서가 되고 있으니 그의 정치 이념이 실현되지 못한 것이 오히려 다행이라 할 수 있을까. 그의 사상은 현재에도 한국 일본 등 중국의 주변 국가에 영향을 주고 있다. 공자의 말씀 중 어느 하나 귀하지 않은 게 없지만 "不患人之不己知 患不知人也(남이 나를 알지 못함을 걱정하지 말고, 내가 남을 알지 못함을 걱정하라)", 이 어록은 가끔은 자만심에 빠지려는 나 자신을 반성하며 깊이 생각하고 되새겨 보게 하는 글귀이다.

이곳에서 서로 이웃하고 있는 공자와 엘비스 프레슬리, 그들의 역사는 세계의 문화를 통합하고 시대를 넘어 도도히 흘러가고 있다. 그들은 앞으로도 인류의 보편적 삶 속에서 많은 영향을 미치며 역사를 쌓아 갈 것이다. (2012)

독도 정상에 서서

2년 전, 최초의 독도 주민이었던 최영덕 씨의 따님이 운영하는 독도방문 프로그램에 참가하여 독도를 다녀왔다. 관광으로 가면 여객선이 접안한 후, 30분 동안만 섬에 머물 수 있어 섬 전체를 자세히 살펴볼 수 없지만, 그 프로그램은 독도 광장에서 방문 행사를 치르고 동도 정상까지 올라가 섬 주변과 바다를 조망하고 내려와, 점심 도시락을 먹으며 3시간여 섬에 머무를 수 있다. 행사 프로그램 중에 오카리나 연주가 있었다. 하얀 모시 두루마기를 입은 연주자가 부는 「홀로 아리랑」의 슬픈 가락이 내 가슴 깊은 곳을 슬쩍 건드리고, 독도의 바람에 실려 먼바다로 퍼져나간다. 평소에 단순한 음률의 오카리나 소리를 별로 좋아하지 않았었는데, 연주자의 훌륭한 연주가 내 편견을 일순에 깨뜨려 버렸다.

동도 정상을 구불구불 데크로 설치한 계단을 밟고 올라갔다. 계단에 하얗게 뒤덮인 갈매기 배설물을 밟으며 올라가는 길 옆에, 괭이갈매기 떼가 앉아 먼바다를 바라보고 있다. 98.6m 높이의 동도 정상에 오르니 독도 전체가 내려다보이고, 건너편 서도에 독도의 유일한 주민인 이장 댁 파란색 집이 조그마하게 보인다. 날씨가 맑아 멀리 하늘과 맛 닿은 곳까지 펼쳐져 있는 수평선이 아스라하다.

천연기념물 제336호로 지정된 독도는, 경상북도 울릉군에 속한 섬으로, 대한민국 정부 소유의 국유지이다. 총면적 187,554㎡에 총 둘레가 5.4㎞에 불과한 바위섬이지만 그 작은 섬이 갖는 위력은 대단하다. 독도가 대한민국의 영토인 만큼 독도 주변 바다 생물들도 대한민국의 소유이다. 그런 연유로 일본은 지금도 독도를 차지하려고 온갖 수를 다 쓰고 있는 것이다. 하지만 그 나라의 역사학자들과 양심 있는 사람들은 독도가 역사적으로 대한민국 소유라는 걸 알고 있다. 다만 자국의 국익에 관계되는 일이니 차마 말 못 하고 침묵하고 있을 뿐이다.

요즘 방송에서 자주 볼 수 있는 '호사카 유지' 교수는 한국의 모 대학 독도종합연구소 소장으로 2003년에 한국으로 귀화한 일본인이다. 그는 일본 정부나 일본의 우익인사들 외에는 독도에 대해서 잘 모르고 관심도 없다고 말한다. 여름방학에 한국에 온 일본 대학생들이, 호사카 교수를 초청하여 독도에 관한 강연을 해달라고 하였다. 강의를 다 듣고 난 일본 학생들은 "독도는 한국 영토가 맞네요"라고 수긍했다고 한다.

러일 전쟁이 끝난 후, 일본 정부는 비밀리에 독도를 시네마현 오키섬의 부속섬으로 편입시키려 하면서 주인 없는 땅이라고 '무주지 선점론'을 주장했다. 지금은 영유권 주장을 넘어 한국이 불법 점거하고 있다고 교과서에까지 실어놓고, 아무것도 모르는 일본 학생들에게 가르치고 있다. 오키섬에서 독도까지의 거리는 157.5km이다. 그러나 울릉도와 독도의 거리는 87.4km로 오키섬보다 훨씬 가깝다. 거리로 따지면 대마도가 한반도와 더 가깝다. 일본과 대마도의 최단거리는 132km이고 부산에서 대마도의 거리는 49km로 배를 타고 1시간여밖에 걸리지 않는다. 대마도의 한국전망대에서 보면 부산이 마주 바라다보이고, 부산 해운대에서 불꽃놀이를 하면 대마도에서 볼 수 있다. 고려 창왕(1389년) 때에는 박위가, 조선

태조(1396년) 때는 김사형이, 세종 1년(1419년)에는 이종무가 대마도를 정벌했다는 기록이 있다. 1951년에는 이승만 대통령도 일본에 정식으로 대마도 반환 요구를 했었다. 그러나 증거만 가지고 뭘 하겠나. 우리 정부에서 무심하게 버려두었던 대마도는 일본인이 차지해버렸고, 실효적 지배를 하고 있는 그들에게 우리는 우리 땅이라고 주장하지 못하고 있는 실정이 아닌가.

증거를 가지고도 대마도는 못 찾지만, 독도는 지켜 내야 한다. 독도가 대한민국 땅이라는 증거는 무수히 많다. 고지도에 나타난 독도 표기는 우리나라의 지도에서만이 아니라, 중국의 지도첩에도 나타나 있고, 심지어 일본 지도에도 표기되어 있다. 1894년에 제작된 일본 「신찬조선국전도」에 울릉도와 독도를 죽도(竹島)와 송도(松島)로 표기하고, 한반도와 동일한 색으로 칠했다. 이것은 일본이 독도를 대한민국의 영토로 인정하고 있다는 명백한 증거인 것이다.

삼국사기에는 신라 지증왕 13년(512년)에 이사부가 우산국(울릉도)을 정벌하면서 독도를 우산도(于山島)로 불렀다는 기록이 있다. 이를 증명하여, 지금 독도 중앙 광장에는 '독도 이사부길'이라는 파란색 표지판이 세워져 있다.

또한 안용복은 어떤가. 안용복은 1693년(숙종 19년) 독도에서 고기잡이를 하다가 일본 어부들에게 납치돼 일본으로 끌려가 독도가 조선 땅임을 끝까지 주장했고, 1696년에 다시 일본으로 건너가 '울릉도와 우산도가 강원도에 속해 표시되어 있는 조선전도를 보이며 조선 영토라는 주장을 관철하여 일본 어민들이 다시는 침범하지 않도록 하겠다'는 일본 '에도막부'의 약속을 받아냈다.

세종실록 지리지의 기록, "우산, 무릉(독도) 두 섬은 서로 거리가 멀지 않아 날씨가 청명하면 가히 바라볼 수 있다"고 한 것은 독도가 울릉도에 속해 있음을 의미하고, 1900년 반포한 고종황제의 칙령 제41호에 의해 일본인들은 대한제국의 허가하에서만 울릉도 인근에서 고기를 잡을 수 있었다. 그 외에도 독도가 대한민국 땅이라는 증거는 셀 수 없이 많다.

국민가요처럼 불리는 「독도는 우리 땅」이라는 노래는 일본 정부의 주장에 대한 우리 국민들의 비판을 표현한 것으로, 북한 주민들도 즐겨 부른다고 한다. 그러나 지금까지는 막연히 '독도는 우리 땅'이라고 주장만 하였지, 독도에 대해서 깊게 알려고 하지 않았던 것이 우리의 현실이다. 어느 교수가 방송에 나와 한 말 중에 "우리 국민 중에 일부라도 독도가 어떤 근거로 하여 한국 땅인지, 논리적으로 알고 있고 그것을 다양한 외국어로 전 세계 사람들에게 설명할 수 있다면 일본을 굴복시킬 수 있을 것"이라고 하였다. 정부가 나서서 독도는 우리 땅이라고 주장하면 국가 간의 분쟁이 되어 국제재판소까지 가게 되고 국제적으로 분쟁지역이라는 것을 인정하게 되니, 독도를 지키려는 국민들의 자발적 노력이 필요하다는 것이다.

이제 많은 사람들이 관심을 가지고 찾아오는 독도는 외로운 섬이 아니다. 본적을 독도로 옮기는 사람들이 점점 늘어나고 있으니 새들만의 고향도 아니다. 온갖 텃새들이 서식하고 있으며, 남북으로 이동하는 나그네 철새들도 쉬어 가는 독도에서 세 시간여 동안 머물다가 여객선에 올랐다. 믿음직한 독도경비대의 배웅을 받으며 출발한 여객선 뱃머리에 갈매기 떼가 훨훨 날갯짓하며 따라오고 있었다. (2019)

도라산 전망대에서

도라산 전망대에서 DMZ를 바라본다. 오늘따라 날씨가 좋아 망원경 없이도 선명하게 잘 보인다. 도라산은 해발 156m 정도로 낮은 산이고, 산 아래 지역은 송악산까지 평지여서 전방의 군사분계선과 양쪽 비무장지대 건너 7km 거리의 개성 변두리 지역이 한눈에 들어온다. 옆에서 북쪽을 바라보던 노인이 자신의 고향이 저 건너 개성이라고 말을 한다. 그리움이 서린 그의 눈빛을 보면서 신라의 마지막 왕 경순왕의 눈빛도 저러하지 않았을까 생각해본다.

삼국을 통일하고 한반도의 주인으로 군림하던 신라는 국력이 최악의 상태로 약해져 더 이상 나라를 지탱할 수 없게 되자, 백성들의 안위를 위해 경순왕은 935년 고려에 항복했다. 아버지 경순왕이 고려에 신라를 바치자 마의태자는 베옷을 입고 금강산으로 떠나고, 경순왕은 고려 태조 왕건의 딸 낙랑공주와 혼인하여 개성에서 살게 된다. 오랫동안 고향에 갈 수 없었던 경순왕은 경주에 두고 온 백성들이 걱정되고 경주가 그리워지면, 개성으로부터 신라 쪽으로 위치한 이곳 도라산에 올라가 경주 쪽을 바라보곤 하였다. 도라산(都羅山)은 경순왕이 신라의 도읍인 경주를 바라보았다는 뜻으로 붙여진 이름이다. 죽은 후에도 경주로 가지 못한 경순왕의 능은 아직도 임진강 변에 있다.

도라산 정상에서 보면 오른쪽으로 멀리 판문점 건물과 휴전선을 가운데 두고 남쪽 비무장지대의 대성동 '자유의 마을' 태극기와 북쪽 비무장지대의 '기정동 마을' 인공기가 보인다. 정면엔 송악산 아래 개성공단 건물들이 웅장하게 서 있지만, 남쪽의 사업자와 직원들이 개성 주민들과 함께 일하며 상품을 만들어내던 곳에, 지금은 불이 꺼지고 문은 굳게 닫혀있다. 왼쪽의 비무장지대 푸른 수풀 사이로 하얗게 드러난 육로가 개성으로 구불구불 이어져 있다. 개성공단이 활발하게 돌아갈 때는 상품을 싣고 저 길을 따라 드나드는 흰색 탑차의 긴 행렬이 장관을 이루었었다.

그 옆, 육로에서 조금 떨어진 곳에 서울에서 신의주로 가는 경의선 철길이 보인다. 경의선 철로를 따라 평양을 지나 신의주에서 압록강 철교를 건너면 육로로 유럽까지 갈 수 있다. TV를 보고 있으면 '외국'을 말할 때 열 사람 중에 아홉 사람은 '해외'라고 한다. 한반도에 휴전선이 그어진 후, 남쪽에서는 비행기를 타거나 배를 타고 바다를 건너야만 다른 나라로 갈 수 있게 되었다. 그렇다고 지도를 그릴 때 어디 한반도의 반쪽만 그리는가. 우리는 언제부터 해외라는 말을 사용했을까. 다른 나라를 자유로이 드나들 수 없었던 일제 강점기, 바다를 건너야만 외국을 갈 수 있는 섬나라 사람들이 쓰던 말을 아무 생각 없이 지금까지 쓰고 있는 건 아닐까. 해외와 외국을 같은 뜻으로 쓰려면 대륙 안에 들어있어 바다가 없는 나라도, 해외라고 말할 수 있어야 같은 뜻이 될 수 있을 것이다. 요즘은 출연자가 해외라고 말하면 자막을 외국으로 고쳐 써주는 방송사도 있다. 사전에서도 해외와 외국을 비슷한 뜻으로 설명하고 있고, 오래전부터 같은 뜻으로 쓰고 있기는 하지만, 남한과 북한이 서로 오갈 수 있는 날을 염원하고, 육로로 여행 갈 수 있기를 소망하면서 '바다 밖(海外)'을 '다른 나라(外國)'로 바꾸어 써야 하지 않을까 생각한다.

남북의 화해 무드가 한참 무르익어 가고 있을 때는, 금방 시베리아 횡단열차를 타고 유럽에 갈 수 있을 거라 생각했다. 쉽게 되는 일은 아무것도 없는 줄 알면서도 성급하게 생각했던 것은 갈 수 없는 육로에 대한 희망이었을 것이다.

휴전선 양쪽으로 가로 놓인 푸른 숲속에는 수많은 생물들이 살고 있다. 한국전쟁 후, 한반도의 남과 북은 강화에서 고성까지 휴전선으로 가로막혀 휴전선 양쪽으로 2km씩 4km의 넓이와 동서 248km 길이의 지역이 서로 무장을 할 수 없는 비무장지대로 설정되었다. DMZ는 그 후로 약 70여 년간 사람의 발길이 끊어져 시간이 멈추고 공간이 정지된 곳이 되었지만, 생물들은 저들 나름대로 스스로 살아서 그곳을 끊임없이 성장시키고 순환하며 자연 생태계의 천국으로 만들어 놓았다. 현재 한반도에 서식하는 267종의 멸종위기 야생생물의 34%가 DMZ에 집중적으로 살고 있을 정도로 멸종위기종의 천국이라고 한다. 특히 천연기념물인 두루미와 희귀종 저어새, 왜가리 등 다양한 철새들이 찾아오고, 토착 희귀종인 고라니와 멸종위기종인 산양, 반달곰 사향노루와 각종 어류가 서식하고 있다.

가끔 파주의 민통선(민간인통제선) 안에 있는 유적을 찾아다닐 때가 있다. 그동안 군사시설이 있거나 수류탄이 묻혀 있어 사람의 발길이 잘 닿지 못했던 수풀 아래엔, 전쟁 전에 사람들이 살았던 삶의 흔적과 함께 고려 시대와 조선 시대의 유물 유적들이 잘 보존되어 있는 걸 발견하게 된다. 파주에 속해 있는 민통선과 비무장지대는 옛 장단군 지역으로, 장단은 한양과 개성 중간 지점에 위치해 있어 비교적 유적이 많고 보존도 잘 되어있다. 한반도의 허리인 DMZ에서는 지금도 끊임없이 다양한 생물들이 자연의 순리대로 종을 잉태하고, 역사가 깃든 유물과 유적들은 사람들이 찾아와줄 날을 기다리고 있다. DMZ는 생태계의 보고일 뿐만 아니라, 역사문화자원의 보고이기도 한 것이다.

인위적으로 사람의 발길을 막아 놓아 그곳에 살던 사람들은 터전을 잃고 떠나야 했고, 비무장지대의 넓은 땅을 사용하지 못해 경제적 손실도 상당했을 터이지만, 그로 인해 DMZ는 세계 어디에서도 찾아보기 힘든 '생물 다양성의 보고'가 되었다. 평화의 시대가 오면 DMZ는 세계에서 가장 가치 있고 아름다운 '자연생태공원'이 될 것이다. (2020, 한국수필)

5 어린 시인이 보는 세상

외손자

너는 숲속 덤불 속에서 보물찾기하다가 찾아낸 무지갯빛 구슬

너를 만나기 전엔 이리도 가슴 벅찬 사랑을 하게 될 줄 몰랐다.

새순처럼 여린 작은 아이야 네 눈은 새벽하늘 위에서 빛나는 작은 별

너를 품에 안고 있으면 종달새처럼 작은 가슴에서 생명의 소리가 들린다.

너를 생각하면 가슴에 사랑이 수채화 물감처럼 시나브로 번진다.

어린 시인이 보는 세상

어린아이는 상상력이 풍부하다. 어른들은 익숙한 것들에 의해 길들여지고 고정관념에 매이지만, 아이들은 자유로운 사고의 바다에서 제 마음대로 그림을 그린다.

사람의 고정관념은 언어에 의해서 결정되기도 하는데, 하늘은 파란색, 나뭇잎은 초록색, 무지개는 일곱 빛깔 등 정해진 대로 머릿속에 입력하게 된다. 그러니 어른들의 사고는 컴퓨터와 책과 핸드폰 등 모든 사물을 언어가 지정해놓은 대로 떠올리게 마련이다. 반면 미처 경험적 언어를 체득하지 못한 어린아이들은 고정된 사고의 틀에서 비교적 자유로울 수 있다.

딸애가 낳은 손자 녀석이 두 돌이 지나도록 겨우 한두 마디밖에 못 하더니, 말문이 트이고부터는 제 머릿속에 들어있는 생각을 표현하는데 엉뚱하기 짝이 없다. 세차를 하느라 쏘아대는 고무호스의 물줄기를 보면서 "엄마, 호스에서 국수가 나와" 하고 말한다.

나는 아이의 표현에 감탄하지 않을 수 없었다. 정말 고무호스에서 물줄기가 국수발처럼 흩어져 나와 자동차 위에서 하얗게 부서지고 있는 것처럼 보이고, 물방울은 햇빛을 받아 보석처럼 반짝이며 자동차 위에서 또르르 굴러내리고 있는 게 아닌가.

펜이 잘 쥐어지지도 않는 작은 손으로 꼬불꼬불 그어놓은 작고 큰 선들이 아이의 머릿속에서는 지렁이가 되어 기어 다니고, 캄캄한 밤 고층 아파트 창문에서 새어 나오는 불빛을 보면서 "엄마, 집이 하늘에 떠 있어"라고 말하는 아이.

그렇게 아이의 입을 통해서 나오는 말들이 가끔 시적으로 들려, 손자에게 '어린 시인'이라는 별명을 붙여주었다.

세 딸 중에 하나라도 글쓰기를 바랐다. 딸들이 어려서부터 책을 많이 읽은 편인 데다가 글솜씨도 웬만한 듯하여 은근히 떠보았지만, 관심이 없는지 그냥 웃기만 한다. 학교 다닐 때 시를 곧잘 썼던 큰 딸애에게 글 좀 쓰라고 강요하듯 해보았지만, 아이에게 매이는 시간이 많아 아직은 할 수 없다고 하여 실망만 하고 말았다. 그래서 체념하고 말았는데, 손자 녀석이 동화 속 얘기 같고 고운 시 같은 말들을 쏟아내기 시작한 것이다. 나는 버리려던 소망을 다시 주어담아 손자에게 걸었다.

요즈음의 두 돌 지난 어린아이들은 모두 내 손자와 비슷할지도 모르는데, 내가 팔불출 할미가 돼서 유난을 떠는 것이나 아닌지 모르겠다. 고슴도치도 제 자식은 귀엽다고 하는데, 손자를 향한 눈먼 사랑일 수도 있겠다. 그렇더라도 나는 아이에게 문학적 소양이 있을 거라는 믿음을 버릴 생각이 없다. 창밖에 내리는 비를 보며 나무가 물을 먹고 있다고 하면서, "그래서 나무는 우산을 안 쓰는 거야"라고 하는 아이를 어떻게 시인이라고 말하지 않을 수 있을까.

녀석은 조금 더 컸다고 놀이터에서 친구들과 노는 재미에 빠져 집에 들어오려고 하지를 않는다. 미운 네 살이 하는 짓도 골고루 하고, 떼를 쓰며 반항을 할 때도 있다. 같이 살고 있지 않아 자주 보지는 못하지만, 가끔 전화를 걸어와 제 생일날 만화에 나오는 '범퍼카'를 사달라고 한다. 이제 곧 네 번째 생일을 맞게 된 아이는 생일을 앞두고 착해지려고 애를 쓰는데, 그

건 생일에 받을 선물 때문이다. 제 어미도 고만할 때, 크리스마스가 다가오면 산타클로스 할아버지의 선물을 받기 위해 착해지려고 했었는데, 꼭 그 모습을 보는 것 같다.

요즈음 손자 녀석의 마음속엔, 즐겨보는 텔레비전의 만화와 제 어미가 읽어주는 그림 동화책 속 주인공들이 같이 살고 있는 모양이다.

"할머니 이리와 봐" 하고 나를 부르더니, 지금 동화 속 친구들이 놀러와서 컴퓨터 게임을 하고 있는 중이라고 하며, 컴퓨터가 있는 방의 문을 열고 보여준다. 나는 아이의 말에 장단을 맞추느라 방 안을 들여다보면서, 손자의 동화 속 친구들에게 "친구들아 안녕" 하고 인사를 해주었더니 자랑스러운 듯 어깨를 으쓱해 보인다.

밤이 되어도 노는 재미에 빠진 아이는 졸음에 겨운 눈을 껌벅이면서도 잠자리에 들 생각을 하지 않는다. 이제 그만 자자고 하는 제 어미의 채근에 억지로 자리에 누웠지만, 그래도 그냥 자기가 아까운 모양이다.

"엄마 잠이 안 와. 책 읽어줘" 하고는 그림 동화책을 들고 나온다. 책을 반쯤 읽었을 때 "응응" 하며 대꾸하던 소리가 잦아들더니 "쌔액쌕" 숨소리가 고르게 들린다. 아이는 제가 잠들기 전에 듣고 있던 동화책 속의 세계에 들어가 있을까. 낮에 책 속에서 본 고추 그림 옆의 고추 글자를 보며 "이건 추상할 때 쓰는 추야" 하고 말했던, 기억 속의 꿈나라에 가 있을까. 내일은 녀석에게 추상이 무슨 뜻인지 알기나 하고 말했는지 물어보아야겠다.

(2004)

아버지의 사발묘지(沙鉢墓誌)

십여 년 전, 파주의 해주오씨 선산이 도시계획으로 아파트부지로 정해져, 아버지의 묘를 옮겨야 할 일이 생겼다. 우리 육남매는 어머니와 의논하여 아버지의 유구를 화장하기로 했다. 화장하기로 한 날 아침 일찍 선산에 가니, 아버지의 묘 위쪽에 있던 할아버지와 큰아버지의 묘는 전날 일이 끝나 봉분이 있던 자리엔 흙더미만 쌓여 있었고, 인부들이 벌써 포크레인으로 아버지 묘를 파내고 있었다.

아버지 유택의 봉분이 사라지고 포크레인의 거대한 삽이 조심스럽게 더 깊숙이 파 들어가자 40여 년 세월에 목관은 삭아 없어지고 유골이 드러났다. 포크레인을 멈추고 흙 속에서 아버지의 뼈를 하나하나 수습해서 상자에 넣던 인부가 뭔가 다른 걸 집어 든다. 인부가 들고나와 동생에게 건네준 건 하얀 사기로 된 사발이었다. 사발은 둘레에 아버지의 이름과 생몰 연대가 쓰여 있었는데, 포크레인의 쇠끝에 닿아 위쪽이 조금 떨어져 나갔다. 금방 떨어져 나가 자국이 선명한 사발을 들여다보는데, 아버지의 생살이라도 찢긴 듯 가슴이 찌르르하다.

그날 오후 모든 일이 끝나 동생들이 각자 제집으로 돌아가고, 큰동생도 어머니를 모시고 파주에서 의정부 집으로 떠났다. 집에 돌아와서 옷을 갈아입고 편히 쉬고 있다가, 아버지 묘에서 나온 사발이 퍼뜩 떠올랐다. 집에 돌아가고 있을 동생에게 전화를 걸어 "아버지 묘에서 나온 거 잘 가지고 가고 있지?" 하고 물으니, 어머니가 묘지에서 나온 물건을 집에 가지고 가는 게 꺼림칙하다고 하셔서 버리고 가는 중이라고 한다. 나는 동생에게 "어디다 버렸어? 다시 가서 찾아와" 하고 말했다. 집에 가는 도중에 아무 데나 버려서 어딘지 찾을 수 없을 거라고 했다. "이런 말도 안 돼." 전화를 소리 나게 끊어버리고 누가 보면 미쳤나 싶게 팔짝 뛰며 한참을 씩씩거렸다. 늙으신 어머니는 무덤에서 나온 물건에 행여 아들이 해라도 입지 않을까 염려하여 버리라고 하셨을 것이다. '엄마는 교회에도 나가시면서, 더구나 아버지 묘에서 나온 건데 어찌 그런 생각을 하셨을까.' 슬그머니 어머니에게 원망스러운 마음이 들었다.

몇 년의 세월이 지나는 동안 그 일은 희미하게 잊혀갔다. 그러다 중앙박물관에서 묘지명(墓誌銘)이 전시되고 있는 걸 보게 되었다. 전시된 묘지명은 돌로 된 지석(誌石)과 납작한 도자기 판이 주류를 이루고 있었다. 묘지(墓誌)는 묘에 묻힌 이가 누구인지를 알리는 것으로 묘의 주변에 세우는 묘비와 묘의 언저리 땅속에 묻어 놓는 묘지가 있다.

묻힌 이의 이름과 생몰연대, 가족관계 등 간략한 내용을 담은 것은 묘지라 하고, 묻힌 이의 생전의 행적, 칭송, 추도의 내용 등 비교적 긴 문장을 담은 글을 묘지명이라고 한다. 묘지명을 보면 한 인물의 개인사만이 아니라 그가 살아온 주변의 생활과 문화와 역사까지 알 수 있어 그 시대의 기록으로 평가한다.

묘는 자손이나 지인들이 살아 있을 때는 누구의 것인지 알 수 있지만, 오랜 세월이 지나면 망각되거나 분실될 수 있다. 묘 앞에 세운 비석도 천재지변이나 전쟁 등으로 없어지기도 하는데, 묘지를 땅속에 묻어 놓으면 묘의 주인 이름과 신분을 확인할 수 있다. 지석을 보고 무덤의 주인을 밝힌 것으로는 배수 공사를 하다가 발견한 백제 제25대 무령왕 부부의 능이 있다. 1500여 년 전에 조성된 무덤의 주인이 무령왕인 걸 알 수 있는 있게 된 건, 왕릉의 연도에 지석이 놓여있었기 때문에 가능했다. 지석에는 "寧東大將軍 百濟斯麻王 年六十二歲 癸卯年五月 丙戌朔七日壬辰 崩(영동대장군 백제 사마왕(무령왕)은 나이가 62세 되는 계묘년(523년) 5월 임진일인 7일에 돌아가셨다)"라고 쓰여 있었다. 무령왕릉에 지석이 없었다면 송산리고분군의 하나로 불렸을 것이다.

파주에도 지석으로 묘의 주인을 찾은 예가 있는데, 고려시대 별무반을 창설해 여진족을 물리치고 아홉 개의 성을 쌓은 윤관 장군의 묘와 휴전선 가까운 민통선 안에 있는 '서곡리 벽화묘'이다.

윤관 장군은 1111년에 안장되었다. 오랜 세월이 지나 비석은 어디에 갔는지 없어지고, 마을 사람들에 의해 윤관 장군의 묘라고 전해오는 작은 봉분만 남아 있었다. 500여 년이 지난 1658년 영의정을 지낸 심지원이 효종으로부터 그 일대의 땅을 하사받아 청송심씨 문중 묘역으로 조성하고 심지원도 1662년 이곳에 묻혔는데, 그 위치가 윤관 묘라고 추측된 오래된 산소 3m 위쪽이었다. 그로부터 100여 년 후 파평윤씨 문중에서 윤관 장군의 묘를 찾는 과정에서 심지원의 묘 앞까지 파 들어가게 되자, 두 문중 간에 싸움이 벌어지게 되고 그 때부터 산송쟁의가 시작되었다. 여기에 대해 영조실록에 기록된 것을 보면,

> 윤관과 심지원의 묘가 파주에 있는데, 윤 씨가 먼저 입장(入葬)하였으나 해가 오래되어 실전(失傳)하여 심 씨의 외손이 그 산을 점령하고 묘를 썼다. 윤 씨 집 자손들이 산 아래에서 비석 조각을 습득하여 심 씨 집 자손과 쟁송하여 끝이 나지 않자, 임금이 양쪽을 만류하여 다툼을 금하게 하고, 각기 그 묘를 수호하여 서로 침범하지 말라. 명하였다.

영조가 두 집안을 화해시키고 각자 조상의 묘를 잘 돌보라 하였지만, 처음에는 화해했던 두 문중은 다시 반목하게 된다. 그렇게 오랫동안 해결되지 못했던 분쟁은 2005년 8월 두 문중의 지혜로운 협의로, 2008년 청송심씨 묘역이 바로 옆 능선으로 19기의 묘를 모두 옮겨 가면서 끝이 났다.

서곡리 벽화묘는 그동안 고려 말, 조선 초의 문신인 한상질(韓尙質, 1357~1400)의 묘로 알고, 청주한씨 종중에서 제사를 지내왔었다. 그러던 어느 날 국립중앙박물관에 제보가

들어왔는데, "도굴범이 파주 민통선 안에 있는 어느 묘를 도굴했는데, 무덤 안에 그림이 그려져 있는 걸 보았다"는 소문이 골동품 가에 파다하게 돌고 있다고 했다. 1년여의 발굴 조사를 거쳐 서곡리 야산에 있는 한상질의 묘 안에서 고려시대의 벽화를 찾아냈다. 그리고 무덤 앞 흙 속에서 깨어진 묘지석 4편을 발견하고 전서체로 쓰여 있는 "贈諡昌和權公墓銘(증시창화권공묘명)"이라는 글자를 확인했다. 무덤 안 석실에서도 파편 일부를 찾아내, 무덤 밖에서 확인된 지석이 원래는 무덤 안에 있었다는 결론을 내렸다. 묘 앞에 세워져 있는 한상질의 묘비는 한상질의 후손들이 나중에 세운 것이고, 묘지석의 주인은 고려 말에 생존한 인물인 권준이었다. 묘지석의 주인인 권준과 비석의 주인인 한상질은 내외손(內外孫) 간으로, 권준의 둘째 아들 권적의 사위가 한상질의 아버지인 한수로 권준은 한상질의 외증조부가 된다. 벽화묘를 찾다가 뜻밖에도 묘의 주인을 제대로 찾게 된 것이다.

이렇게 된 과정에는 '공민왕 시해 사건(1374년)'과 관련이 있었다. 사건의 발단은 노국공주가 죽고 신돈을 통해 개혁정치를 하려던 공민왕은 그것이 이루어지지 않자 자제위와 엽기적인 남색을 벌이게 되고, 자제위 중 홍륜은 후궁 익비를 임신시킨다. 이 사실을 내시 최만생이 공민왕에게 밀고하자 공민왕은 익비를 임신시킨 홍륜과 이일을 알고 있는 자를 모두 죽이겠다고 했다. 죽임을 당할 것이 두려워진 내시와 홍륜은 그날 밤 만취한 공민왕을 침소에서 시해하였다. 권진도 왕을 시해한 공모자로 죽임을 당하고 그의 아버지도 유배지에서 살해되었다. 권씨 가문이 몰락하게 되자 한수가 처가를 수습해 권진의 증조할아버지인 권준의 제사를 잇게 되었다. 공교롭게도 권준의 묘 바로 뒤에 한상질의 묘가 있어서, 권준의 제사를 지내던 청주한씨 가문에서는 400여 년이 흐르는 동안, 권준의 묘를 한수의 아들 한상질의 부장품 묘로 오인하고 그 앞에 비석까지 세우고 제사를 지내온 것이다.

파주에서 있었던 이 두 사건은 뉴스에서도 크게 다루어졌는데, 묘지석이 없었으면 윤관의 묘를 확인하지 못했을 것이고, 권준의 묘가 한상질의 묘로 뒤바뀐 것도 알아내지 못했을 것이다.

국립박물관에서 묘지명을 보고 온 날, 그동안 잊고 있던 아버지의 '사발묘지'를 생각했다. 기억 속에만 있을 뿐, 그것을 '사발묘지'라고 하는지 몰랐었고, 그런 모양의 묘지를 본 적이 없어 여러 가지로 궁금했다. 문헌을 찾아보니 조선시대 묘지명은 형태가 다양하여 16절지 크기의 서책형식으로 권수를 매겨 놓은 것도 있고, 둥근 원반형, 큰 단지에 작은 단지의 묘지명을 안에 넣은 것, 네 귀가 달린 사각형 등 여러 가지가 있다는 것을 알았다. 묘지는 특별히 제작하는 것이 일반적이지만, 죽은 이가 사용하던 사발이나 벼루에 글자를 써넣기도 한다는 것이다.

지금까지 내 기억 속 아버지의 사발은 하얀 사기에 푸른색 글씨가 쓰여 있는 것이었다. 일찍 돌아가신 아버지는 사회적 지위나 권력을 가진 분도 아니고 돈이 많지도 않은 평범한 서민일 뿐인데, 삼일장을 치르는 짧은 시간 어느 틈에 토기에 글을 쓰고 가마에 구워 묘지를 만들었을지 그게 늘 궁금했다. 아버지 장례를 주관하시던 작은 아버지 두 분도 이미 돌아가셨고, 어머니는 경황 중에 그런 것까지 챙겨 아실 수 있는 형편이 아니라 누구에게도 물어볼 사람이 없었다. 이 글을 쓰며 확인 차 동생에게 "하얀 사기그릇에 파란 글씨가 있었지?" 하고 물었더니 빨간색 글씨였다고 한다. '빨간 글씨였다고? 나는 대체 무얼 기억하고 있었던 거야.' 사람의 기억은 온전하게 믿을 건 못 되나 보다. 죽은 이가 사용하던 사발이나 벼루에 글자를 써서 묘지로 사용하기도 했다 하니, 이제 아버지가 살아 계실 때 쓰시던 사발에 붉은색 글씨로 아버지의 이름과 생몰연대를 썼다는 것은 알겠다. 그러나 사발에 쓴 글씨의 염료가 어떤 것이었는지는 아버지의 묘지가 남아 있지 않아서 더는 알 길이 없다. 3일 만에 사발묘지를 만들 수 있었다면, 그것은 아마 페인트로 쓴 글씨가 아니었을까 추측해볼 따름이다.

그 후로도 기일이나 아버지를 추억해야 할 일이 생기면, 아버지의 사발묘지(沙鉢墓誌)가 생각나곤 한다. 어머니 말씀이 '그때엔 고인이 쓰던 물건에 글씨를 써서 묘에 묻는 것은 흔히 있었던 일'이라고 했다. 서민들에게 널리 행해지던 일이라고 하는데, 우리처럼 다른 사람들도 하찮게 여겼는지 주위에서 사발묘지를 쉽게 찾아볼 수 없다. 집에서 가까운 곳에 가끔 들르는 삼국시대부터 근대까지의 유물과 1970~80년 전까지 서민들이 사용하던 각종 생활용품이 전시되어 있는 생활사박물관이 있다. 그곳에 기증 해두고 가끔 아버지 생각날 때 가보기도 하고, 다른 사람들도 볼 수 있게 했으면 좋지 않았을까 생각해본다. 지역의 풍습을 알 수 있는 사료적 가치로라도 아버지가 존재했었던 흔적인 사발이 없어진 것이 두고두고 아쉽다.

(2015, 에세이스트)

길에 버려두고

연녹색의 가죽장갑을 잃어버렸다. 지난겨울에 이어 이태째 내 손을 따듯이 감싸주며, 마음까지 녹여주던 장갑을 잃어버린 건 순전히 조급한 성격 탓이다. 집에서 주차장까지는 약 30m쯤의 거리로 바로 집 옆이기는 하지만, 손등을 스치는 찬바람을 참으며 장갑을 손에든 채로 차 있는 곳까지 가는 건 시동을 걸고 예열하는 동안을 이용하려는 것이다. 무료한 시간을 참지 못해 예열하는 2~3분이 길게 느껴지기 때문이다. 차에 앉아 손에 끼려다 없어서 집에 두고 온 줄 알았던 장갑은 대문을 잠글 때 떨어뜨렸나 보다.

친정 가족들이 모일 때면 급한 내 성격이 화제에 오르곤 한다. 몇 해 전에 두 여동생과 봄옷을 사려고 남대문 시장에 갔었다. 동생들과 이 상가 저 상가를 다니며 구경도 하고 마음에 드는 옷을 사고 난 후, 맛있는 점심식사까지 하였다. 내가 가끔 동생들에게 흉을 듣게 되는 사건은 집으로 돌아가는 길에서 벌어졌다. 시장에서 나와 버스를 타려면 지하도를 통해 길 건너편으로 가야 한다. 동생들과 나는 쇼핑백을 두어 개씩 손에 들고 복잡한 시장을 빠져나왔다. 앞서 걸어가며 가끔 뒤돌아보면, 무슨 할 말이 그리 많은지 나는 쳐다보지도 않은 채 저희들끼리 이야기를 하며 저만치서 따라오고 있다. 그래도 내가 앞서가고 있으니 제대로 따라올 것이라 생각하고 지하도로 내려갔다. 지하도 중간쯤, 길이 양쪽으로 갈라진 곳에서 왼쪽 계단으로 올라가 동생들을 기다렸는데 한참이 지나도 오지를 않는다. 기다리다 못해 전화를 했더니, 동생들은 나를 찾다가 보이지 않자 오른쪽 계단으로 올라가 길 반대편에 가 있었다. 동생들과 내가 사는 곳이 달라 서로 버스 타는 곳에 제대로 가 있기는 했지만, 동생들은 길바닥에 내버리고 갔다고 만나기만 하면 몰아세운다.

친정어머니의 생신날, 밥을 후딱 먹고 숟가락을 놓자 급한 내 성미가 도마에 오르며 동생들은 자연스레 그 일을 또 들먹

였다. 얘기를 듣고 있던 큰 딸아이는

"이모 그건 아무것도 아니에요. 엄마는 병원에 갔다가 나를 길에 내버려 두고 혼자만 걸어갔어요."

하고 오래전에 있었던 일을 꺼내며 한술 더 뜬다. 그때 임신한 딸애를 데리고 정기검진 받으러 병원에 갔다가 돌아오는 길에, 몸이 무거워 천천히 걷는 것을 부축해주지는 못하고, 버릇대로 어느 틈에 몇 걸음 빨랐다. "엄마" 하는 뾰족한 소리에 아차 싶어 걸음을 멈추었지만 비난을 면하기에는 이미 때가 늦었다. 딸과 동생들이 웃으며 하는 농담 섞인 원망에, 멋쩍게 따라 웃으며 변명의 말로 얼버무려 보지만 마음속은 쥐구멍을 찾는다. 연로하신 친정어머니와 걷다가도 빨라진 내 걸음에 움찔하며 걸음을 늦추기도 하니 조급증이 아닐까 은근히 걱정이 된다.

어렸을 때는 게으르다 싶을 정도로 느긋한 성격이었다. 지금의 나를 보면 어디 그랬을까 싶지만 그때는 약골이었던 체질 때문인지, 건강하고 역동적인 성품의 사람들보다 비실비실한 편이어서 야무지지 못했다. 일찍 일어나지도 못하고 집안일을 잘 돕는 동생만도 못해 어머니께 야단을 맞곤 하였다. 버스를 타고 통학하던 그때는 차멀미까지 심해서, 학교에서 돌아오면 맥을 못 추고 바로 자리에 눕곤 했었다.

어릴 적의 우리 집은 식품과 각종 잡화를 파는 가게를 하고 있었는데, 살림집은 상점에 딸려 있었다. 군사 지역이어서 트럭이 질주하고 군인들의 훈련이 자주 있어 장갑차가 좁은 도로에서 굉음을 내며 지나가곤 하여, 휴일이면 소음을 피해 책을 들고 개울 건너 낮은 동산을 향해 집을 나섰다. 그때 그 푸르던 숲 그늘, 넓고 반듯한 바위에 홀로 앉아 낮게 엎드려 있는 마을의 집들을 바라보며 생각에 잠기곤 하였다. 앞날의 꿈으로 가슴 벅찰 나이에 학교도 사회도 불안하여 삶의 고통은 너무나 뚜렷하고, 행복의 길은 묘연해 권태로운 일상으로 느긋하게 하품하듯 살아가고 있었던 때도 있었다. 그런 성격이 나이를 더해 갈수록 변했다. 번갯불에 콩 구워 먹을 만큼 급한 남편의 성격에 맞추느라 변했을까. 숨 가쁘게 변화하는 현대생활을 따라가다 보니 그리되었을까. 그런 여러 가지 복합적인 요인들이 나를 급한 성격으로 변하게 하는 데 영향을 주었을 것이다. 몇십 년을 살아오면서 변하지 않았다면 끊임없이 변화하는 현대생활에 적응하기 쉽지 않았을 터이니.

그러나 내 성격을 순전히 환경 탓만으로 돌릴 수는 없다. 학생 수가 많지 않아 남녀 학생이 한 반에서 공부하던 시골 중학교에서, 머슴애들이 내 걸음걸이를 보고 붙여 준 별명이 "털

렝이"였다. 그때도 나는 털레털레 걸음이 빨랐던 모양이다. 결혼 후에는 남편과 외출하여 나란히 걸을 일이라도 있으면, 운동회 날 달리기를 하면 꼴찌를 면하기 어려웠던 나는 저만치 앞서가고, 단거리 육상선수였던 남편은 몇 발짝 뒤를 따르곤 했다. 성미 급한데다가 육상선수까지 했던 남편의 걸음이 느린 것인지, 아니면 지금도 결코 부지런하다고 할 수 없는 내가 너무 빨랐던 것인지 참 알 수 없는 일이다.

급한 것과 부지런한 것이 같지 않고, 부지런하다고 해서 행복해지는 것도 아니다. 곰곰이 생각해봐도 무엇을 위해서 그리 허둥대며 살아왔는지 딱히 집히는 것도 없다. 한국인의 '빨리 빨리' 문화를 비판하며 '느리게 살기'가 정신건강에 좋다고 하여 그것에 대한 책들이 우후죽순처럼 쏟아져나왔던 때가 있었다. 텔레비전 건강프로그램에서도 중요하게 다루곤 하였는데, 나에게 해당되는 것이 한두 가지가 아니었다. 직장을 다니는 것도 아니고 돈벌이를 하는 것도 아니면서 나는 늘 무엇엔가 쫓기는 것 같았고 숙제 안 하고 실컷 놀다 들어온 아이처럼 불안했다.

정신적인 문제만이 아니었다. 몸에도 이상이 생기기 시작했는데, 몇 달 전부터 말썽을 부리기 시작한 무릎의 이상도 평소에 빨리 걷는 걸음걸이가 문제인 것 같다. 혹사당하다 못해 비명을 지르며 나를 주저앉힌 무릎이 쉬어야 한다고 신호를 보내온 것이다. 별일 아닐 것이라고 무시하고 계획했던 일본여행을 떠나 강행군에서 돌아왔을 때는, 오른쪽 무릎이 상당히 부어 있었다. 검사에 나타난 무릎 연골은 퇴행성 관절이었는데, 무리해서 걷느라 연골에 물이 차 있어서 빼내어야 했다. 계속 치료를 하고 있지만 온전하게 되돌릴 수는 없어, 신주단지 모시듯 무릎을 아끼고 또 아껴보지만 소 잃고 외양간 고치기 아닌가.

어릴 때 집을 나서 산으로 숲으로 나돌던 버릇 때문인지, 나이 들어서도 집을 비우고 종종 길을 떠난다. 여행이 목적이라고 하지만 길을 나선 것만으로도 마음에 행복이 가득해진다. 길을 가다 보면 많은 것들과 만나게 된다. 사람과 사람이 엮어내는 사연들과 길 위에서 만나는 이런저런 에피소드를 주워 모은다. 이제 길에 버려두고 잃었던 것, 잠시라도 뒤에 두고 소홀히 했던 사람들, 그런 내 삶의 일상을 찾아나서야겠다.

(2007)

우리 집 설날은

아직 출가하지 않은 막내딸과 둘이서 새해 아침을 보내고, 다음날은 세 딸과 사위를 앞세워 남편 묘소를 찾아간다. 아침나절은 그렇게 보내고, 오후에는 형제들과 함께 어머니가 계신 막내 동생 집으로 모인다. 젊어서 디스크를 앓으셨던 어머니는 조금만 아파도 병원에 다니거나 약을 드시며 건강관리를 잘 하여, 여든이 넘은 나이에도 비교적 건강한 편이다.

어머니께 세배를 올리고 나면 술상이 차려진다. 시간이 흐를수록 빈 술병이 늘어가는 대신, 우리들의 얼굴은 보기도 좋고 기분도 좋게 장밋빛이 되어간다. 안주는 고기보다 손으로 만든 두부지짐이 더 잘 팔려서, 올케와 막내 여동생은 기름

두른 팬에 두부 지지기에 바쁘다. 밥을 먹어야 한다는 어머니의 성화에 밥상이 차려지지만, 술과 안주로 채워진 뱃속에 밥이 들어설 자리가 없어 아무도 밥 먹을 생각은 하지 않는다.

형제들이 한자리에 모이기에는 설과 추석 명절만큼 좋은 기회가 없다. 위로 딸 넷에 끝으로 아들 둘인 우리 형제들은 나이 차이가 많이 난다. 내가 장녀이고 바로 아래 동생이 세 살 터울인데, 그 아래로 둘째 여동생이 나보다 열한 살이 어리니, 끝으로 연년생인 남동생들과는 자연히 차이가 클 수밖에 없다. 군인이셨던 아버지와 어머니가 오래 떨어져 있었던 데다가, 중간에 아기 때 죽은 남동생이 있어서 그리된 것이다. 어린 시절 한집에서 살던 형제들은 분가하여 제각기 다른 삶을 살아가지만, 만나기만 하면 어린 시절 얘기가 단골 메뉴이다.

술잔을 주고받으며 어린 시절 싸우던 얘기며 부모님과 지내던 이런저런 얘기를 하다가 큰 남동생이,

"어려서는 누나들을 언니라고 불렀었는데"

하며 어릴 적 얘기를 꺼냈다.

나이 많은 누나들에게 바로 위 누나들이 큰언니 작은언니라고 부르는 소리를 들으며 자랐고, 딸들만 키워오던 어머니가 오랫동안의 버릇대로 큰언니에게 이거 가져 오래라, 작은

언니에게 저렇게 하라고 일러라 하셨기 때문이다.

"누나. 내가 언제부터 누나라고 부르기 시작했는지 알아?"

"언제부터였는데?"

"내가 중학생 때인데, 육영수 여사가 8월 15일 경축식장에서 돌아가신 바로 그날이었어. 생전 처음 누나라고 부르려고 떨리는 마음으로 집에서부터 마음먹고 갔지."

그때 나는 결혼을 하고 친정 가까이 살고 있었다. 동생은 나를 보고 용기를 내서 "누나" 하고 불렀는데 뉴스로 어수선한 분위기 때문에 내가 못 들었는지 아무 반응이 없었다고 하였다. 모처럼 용기를 내었을 동생은 얼마나 민망했을까. 나보다 15살과 16살이 어린 두 남동생의 작고 귀여운 모습이 아직도 눈에 선한데 벌써 40대 중년이 되어있다. 어머니는 소파에 기대앉아 술상 앞에서 얘기꽃을 피우는 우리를 흐뭇하게 내려다보고 계시고, 우리의 얘기는 시간이 지나도 그칠 줄 모르고 계속 이어졌다.

그때쯤 술상 한쪽에 담요가 펼쳐지고, 울긋불긋한 화투짝이 '짝짝' 소리를 내며 담요를 두드리기 시작한다. 점잖지 못하게 똥을 먹고 싸기도 하면서 돈을 잃어도 뭐가 그리 좋은지 연신 웃음이 멈추지 않는다. 손을 쉼 없이 움직이며 입도 가만 있지를 못하는데, 들어보면 서로 잘못한다고 비난하는 것 같지만, 그런 말조차도 그냥 유희일 뿐이다. 평소에 쓰지 않던 말을 내뱉으며 스트레스를 풀고, 힘 있게 내리친 화투의 '짝'하고 부딪치는 소리에 속이 후련해진다. 이렇게 스트레스가 싹 가시고 가슴이 확 트이는 놀이가 화투 말고 또 있을까.

이런 설 풍속을 두고 옳으니 그르니 하며, 아이들은 컴퓨터에만 앉아 있고 어른은 술과 고스톱으로 명절 연휴를 보내는 것에 대한 비판이 일기도 한다. 우리의 전통 놀이에도 가족이 어울려 놀기에 좋은 놀이가 있기는 하다. 연날리기도 있고, 윷놀이, 널뛰기, 팽이치기가 있다. 또 정월 보름날이면 쥐불놀이를 하며 온 마을이 축제 분위기로 흥에 겨울 때도 있다. 나도 그런 놀이를 하며 어린 시절을 보냈었는데, 그때는 그런 놀이들이 텔레비전에서 스포츠 경기를 보거나 고스톱을 치는 것에 비할 수 없을 만큼 재미있었다. 예전에 바깥마당에 가마니를 깔아 놓고 온 동네 사람들이 윷놀이를 했던 것처럼 방 안에서도 윷놀이를 할 수 있지만, 시대가 변해서인지 몇 판 돌아가면 끝나버릴 윷놀이보다는, 앉은 채로 몇 시간을 즐길 수 있는 고스톱이 명절놀이로는 더 제격이다.

화투판이 한참 무르익어갈 때쯤 막내 올케가 잃기만 하는 제 남편을 밀어내더니, 시누이 남편들의 돈을 따기 시작한다. 술상 앞에 앉아 계속 잃기만 하는 남편을 바라보던 큰 여동생도 슬그머니 제 남편 뒤로 가 앉는다.

"화장실 안 가요? 그동안 내가 하고 있을게 갔다 와요."

동생은 제 남편의 옆구리를 쿡쿡 찌른다. 마지못한 듯 제부가 일어서고 동생이 그 자리를 차지하고 앉았다. 큰 여동생과 막내 제부와 막내 올케의 게임이 시작되어 한두 패 돌아가고 나면, 선무당이 사람 잡는다고 동생도 점수를 내기 시작한다. 동생의 입이 귀밑까지 올라가고, 구경하는 술상 앞의 주당들도 화투판을 넘겨다보며 흥미진진하다.

굳건히 자리를 지키던 막내 제부도 오래 앉아 있어서 허리 아프다는 핑계를 대며 제 아내를 부른다.

"난 고스톱 칠 줄 몰라."

막내 여동생이 고개를 저었지만, 제부는 억지로 담요 앞에 끌어다 앉힌다. 할 줄 모른다는 막내 여동생에게 훈수꾼들의 참견이 분분하고, 남편들의 응원까지 이걸 내라, 저걸 먹어라, 고 해라, 스톱해라, 훈수 두는 사람들이 더 재미있어하며, 왁자지껄 방 안의 열기는 점점 더 뜨거워져만 간다. 짝 없는 어머니와 나는 뒷전에 앉아 구경하기에 여념이 없다.

누구나 전통을 지키는 것을 마다하는 사람은 없겠지만, 흘러가는 세월 따라 사람이 살아가는 방식도 바뀌고 풍속도도 변하게 되니 전통만을 고집할 수는 없다. 주고받는 술잔과 화투판이 아니면 서로 얼굴 맞대고 이야기를 하면서 몇 시간을 보내기는 힘들 것이니, 화투는 가족들이 즐거운 명절을 보내는 데 그리 나쁜 방법이라고 생각지 않는다.

요즘은 정월 대보름에 쥐불놀이를 하거나, 연날리기와 널뛰기 대회를 하며 지역축제를 여는 곳들이 많아져, 전통 놀이를 접해본 일이 없는 젊은이들이 경험해볼 기회가 생겨 다행한 일이다. 그러니 전통의 멋과 맛이 있는 전통 놀이에 대해서도 한 번쯤 생각해봐야 할 일이다.

어머니 계신 곳에 형제들이 모여, 어린 시절 한집에 살던 추억을 더듬으며 하루를 지낼 수 있는 건, 아직도 어머니가 살아계셔서 더 행복한 일이다. 어머니를 모시고 이런 날들을 몇 번이나 더 지낼 수 있을까. 자식들을 위해서라도 어머니가 부디 오래 살아 주시기만을 기원해본다. (2005)

보랏빛 연가

블루베리를 따는 사위와 딸의 손길이 분주하다. 한 조각의 구름도 없는 7월의 하늘은 달아오른 땅의 기운으로 열매를 더욱 달게 익히고, 초록빛 나무 이파리 사이에 매달린 작은 열매들이 검은 조약돌처럼 반짝인다. 열매를 따고 있는 두 사람을 보고 있으면 흐뭇하다.

결혼할 생각은 않고 일에 빠져 사는 막내딸에게 오래전부터 눈여겨보아 온 사람을 그냥 한 번 만나보기나 하라며 소개했다. 성품이 선하고 무엇보다 성실해서 내 딸을 행복하게 해줄 사람이라는 생각이 들었기 때문이다. 그 나이에 아파트와 차가 있었고, 낮에는 직장에 다니면서 새벽과 퇴근 후에는 블루베리 농장을 일구는 성실한 사람이었다. 이만큼 성실한 사람이라면 내 딸을 행복하게 해줄 조건을 가진 사람이라 생각했다.

그 무렵 오래 다니던 회사를 그만두고 프렌차이즈 돈까스 가게를 하며 힘들어하던 아이에게 사윗감은 큰 힘이 되었다. 저녁이면 일을 끝내고 와 마무리를 도와주며 늦은 저녁을 같이 먹는다. 점심시간에는 고양이 손이라도 빌려야 될 만큼 정신없이 바쁘고, 몸에 익숙지 않은 일에 지쳐 있는 아이는 친절하고 다정한 마음에 이끌렸고 두 사람은 점점 가까워져 갔다. 이제 결혼할 일만 남았다. 나이가 꽉 차다 못해 넘쳐버린 두 사람은 결혼을 오래 끌 이유가 없었다. 두 집안의 상견례가 이루어지고 결혼 계획은 순조롭게 진행되어갔다.

그러는 사이 이제 결혼까지는 한 달 남짓 남았다. 위로 두 딸 중에 둘째가 먼저 결혼하고 큰애가 결혼한 지도 벌써 10년이 지나, 나도 모든 준비 과정이 새삼스러워 이곳저곳 물어보며 분주하였다.

그런데 이게 무슨 날 벼락인가. 사윗감이 갑작스런 수술을 해야 한다고 한다. 자꾸 배가 아프다고 하여 딸이 병원엘 데

려갔는데 대학병원으로 보내졌고, 대장암이라는 판정을 받았다. 당연히 결혼은 미뤄졌고, 당장 입원하여 수술 날짜까지 잡았다. 울며 전화하는 아이에게 뭐라 말할까. 내가 만나보라고 권해주었던 사람이다. 독립하여 가족과 떨어져 살아오는 동안 혼자 해결해야 했던 불규칙한 식생활이 문제였을까.

환자도 걱정되고 딸아이의 상실감을 어떻게 위로해야 할지 마음만 허둥거리는 동안 수술은 진행되었고 딸애는 간병을 하였다. 병원으로 찾아간 나에게 오히려 위로를 할 만큼 환자는 좋아 보였다. 마음속에선 그래도 딸애가 인정상 병간호는 하고 있지만, 결혼은 안 하겠지 생각했다. 퇴원하고 항암치료 받고 하는 동안, 아이는 일 년 후쯤 결혼을 하겠다고 했다. 생각지도 못한 말에 수술해야 한다는 말을 들었을 때처럼 정신이 혼미해질 지경이었다.

일 년 후에 딸과 사위는 결혼을 했다. 그 자리에는 건강해진 사위를 축복해주고 아픈 사람을 사랑으로 일으켜 세운 신부를 축하해주러 온, 진정한 축하객들이 있었다. 축하의 말을 하면서 사람들은 말한다.

"신부는 사랑이 있어 그렇다지만 결혼을 허락한 어머니도 대단하시네요."

하지만 그건 내가 대단해서가 아니다. 나는 결혼에 적극적으로 찬성하지도 못했고 그렇다고 반대도 하지 않았을 뿐이다.

일 년만 지나면 수술한 지 5년이다. 딸애는 직장에서 편집디자이너로 일하고 있고, 사위는 수술 후 직장을 그만두고 블루베리 농장 일에만 전념하고 있는데, 햇볕에 그을린 몸은 구릿빛이 되어 점점 튼튼해지고 있다.

아직도 병원에 검사받으러 다녀야 하고 병을 다스리는 과정이지만, 워낙 건강해 보여 가끔 환자라는 생각을 잊게 된다. 사위가 빠르게 건강을 회복하게 된 것은 내 딸아이의 사랑의 힘일 것이라고 생각한다. 그때 그 애가 사위를 떠났다면 병에 절망하고 사랑에 절망하여 이만큼 건강해지기는 어렵지 않았을까. 사랑의 힘은 세상에서 가장 강하다고 하니 사위를 일으켜 세우는 데 큰 힘이 되었을 것이다.

블루베리 나무 아래서 다정하게 이야기하며 열매를 따는 두 사람의 하얀 면장갑이 보랏빛으로 물들고 있다. (2012)

긴 속눈썹 인형의 추억

"어서 버리거라."

"할아부지이~"

"허어~ 쯧."

개울 옆 뚝 길을 걸어가는 내내 외할아버지와 손녀는 같은 말을 반복하고 있다. 외할아버지는 계속 버리라고 재촉하고 소녀가 품 안에 꼭 끌어안고 놓으려 하지 않는 것은, 누이면 눈을 감고 세우면 긴 속눈썹을 치켜올리며 동그란 눈을 반짝하고 뜨는 서양인형이다.

외할아버지를 따라 엄마를 찾아가는 그해의 마지막 날은 눈발이 포근하게 내리고 있었다. 소녀는 뚝 길 아래 졸졸 흐르는 개울물 속으로 사뿐히 내려앉아 시나브로 스며드는 눈송이를 바라보며, 발등 위로 눈물을 툭툭 떨어뜨리며 할아버지를 따라가고 있다.

엄마는 군대에서 제대한 아버지와 그해 여름부터 장사를 시작하였는데, 아직 자리가 잡히지 않아 소녀는 부모님과 떨어져 큰집에서 살고 있었다. 겨울방학이 되어 일산에 사시는 외할아버지가 소녀를 엄마에게 데려다주려고 찾아오셨다. '금촌'에서 '법원리'까지는 버스를 타고 왔지만, 거기서부터 엄마가 있는 곳까지 10리 길은 두세 시간에 한 번씩만 버스가 다니기 때문에 걸어서 가는 길이다. 걸으면서 할아버지는 사람의 형상을 한 인형에 귀신이 붙어 있어 해를 입힌다고 버리라고 하였다.

그 인형은 소녀가 이 세상에 태어나 제일 처음 받은 선물이다. 인형을 선물로 받았던 그때는 대한민국이 지옥과 같은 전쟁의 고통에서 막 벗어난 1953년이었는데, 소녀는 초등학교에 갓 입학한 여덟 살이었다. 전쟁은 끝났지만, 물자가 부족하던 시절이었다. 국제 적십자 봉사단원들이 알록달록하고 헐렁한 옷가지들과 그 밖에 생활용품들을 쌓아 놓고 줄지어 서 있는 피난민들에게 한 가지씩 나누어 주기도 하고, 교회 마당에서 커다란 통에 우유죽을 끓여주기도 하였다.

그해 겨울 크리스마스가 가까워 오는 어느 날, 아이들은 영문도 모른 채 기찻길 건넛마을에 새로 생긴 학교로 줄지어 선생님을 따라갔다. 그곳에서는 미군들이 학용품과 장난감을 쌓아놓고, 손에 잡히는 대로 집어서 아이들의 손에 쥐여주고 있었다. 그때 소녀가 받은 것은 노란색 연필 한 자루와 서양 인형이었다. '내가 이런 선물을 다 받다니.' 인형을 받아 든 소녀는 기쁨에 숨이 막히고 어지럼증이 일어 졸도할 것 같았다.

동갑내기 고모가 한 번만 안아보자고 해도 싫다고 주지 않은 소중한 인형이었다. 그러나 할아버지의 "쩟"하고 혀 차는 소리엔 거역 못 할 위엄이 있었다. 그 순간엔 인자한 할아버지가 아니고 어린 소녀에겐 호랑이만큼 무서운 할아버지였다. 소녀는 인형을 버리기 전에 옷만이라도 갖고 싶었다. 꽃무늬 원피스와 작은 팬티가 벗겨지고 알몸만 남은 인형을 비스듬히 서 있는 바위 밑에 가만히 놓아두었다. 돌아올 때 다시 찾으리라 생각하면서 깊숙이 밀어 넣었다.

저를 버리는 소녀를 보지 않으려는 듯 알몸의 인형이 긴 속눈썹을 내리깔고 눈을 감는다. 소녀는 할아버지를 따라가면서도 연신 뒤를 돌아보았다. 어서 가자는 할아버지의 재촉에 고삐 꿴 송아지처럼 마지못해 콧물을 훌쩍이며 따라간다.

방학을 부모님과 지내고 다시 큰집으로 돌아가던 날, 아버지를 따라 버스를 타러 시내로 걸어 나오며 소녀는 바위 밑에 손을 넣었다. 그런데 아무리 이리저리 바위 밑을 휘저어 봐도 인형은 없었다. 그새 누가 가져가 버렸나 보다. 그 자리에 꼭 있을 것이라 생각했다. 인형을 잃어버린 소녀는 세상 한쪽을 잃어버린 것 같았다.

세월이 흘러 소녀는 엄마가 되어 그의 딸들에게 눈감는 서양인형이 아니라 헝겊으로 한 땀 한 땀 바느질한 인형을 만들어주었다. 그녀는 소녀 시절 미군 부대 주변에 살며 초콜릿과 달콤한 과자와 일찍부터 소시지와 햄에 입맛을 들였지만, 그의 아이들에게는 영양빵을 만들어주었고, 연탄난로의 오븐에 쿠키를 구워주며 추억을 만들어갔다. 이제 어른이 된 그의 딸들은 엄마가 만들어준 인형과 과자를 그리워하며 행복한 어린 시절이었다고 말한다.

그는 어린 소녀였던 어느 추운 크리스마스 날, 바위 밑에 숨겨두었던 인형을 생각한다. 알몸으로 버려두었던 것을 생각하며, 누군가 가져갈 줄 알았으면 옷을 그냥 입혀둘 걸 그랬다고 생각한다. 오랫동안 소유하지는 못했지만, 긴 속눈썹 인형은 어릴 적 한 토막 동화 같은 소중한 추억이다. (2008)

외손녀와 두 달 살아보니

외손녀가 어느 날 종달새처럼 포로롱 내 집에 날아들었다. 둘째 딸네 손녀인 채영이가 올해 대학을 졸업하고 취업 시험공부를 하려고 조용한 곳을 찾아온 것이다. 내가 혼자 살기 시작한 건 막내딸이 졸업하고 취업하여 서울로 떠나고부터이다. 그 후 혼자 살아온 지 20여 년 만인 2년 전, 막내딸과 사위가 아파트 내부 리모델링하는 동안 한 달 기한으로 와 있었다. 그때도 한 달 동안 적막했던 집에 생기가 돌고 사람 사는 집 같았었다.

이제 다시 손녀가 찾아온 것이다. 오랫동안 혼자 살아온 버릇에, 불편하지 않을까 살짝 걱정이 되긴 했었는데, 사람 사는 게 이런 거구나 싶게 행복했다.

혼자 사는 일상은, 아침은 간단하게 토스트로 때우고, 점심은 나가면 밖에서 먹고, 집에 있는 날은 늦은 아침을 먹고 건너뛰기도 한다. 저녁 한 끼는 밥을 먹는데 가끔 마음먹고 반찬을 할 때도 있지만, 없으면 김치에 김 하나면 족했다. 채영이가 온다는 날 마트에 가서 이것저것 찬거리를 사다가 반찬을 만들었다.

그동안엔 먹고 싶은 게 없어서 안 하기도 했고, 귀찮아서 안 해 먹은 것이지 음식 만드는 걸 아주 잊은 건 아니다. 있는 솜씨에다가 맛있게 하려고 정성을 들여 만들었더니 "맛있다"고 하며 잘 먹어준다. 아이는 식사 때마다 언제나 맛있다는 말로 나를 기분 좋게 하였다. 할머니 기분 좋으라고 '립서비스' 하는 거 아니냐고 하면 정말 맛있다고 한다. 맛있게 잘 먹어주니 더 잘해주고 싶어지는 기분 좋은 아이다. 뭘 해 먹일까 생각하며 퇴근길에 마트에 들르는 것이 큰 즐거움이 되었다.

나이가 들어가니 청력이 예전만 못해 TV 소리를 크게 해 놓고 보는데, 손녀가 오고부터는 공부에 방해될까 염려되어 겨우 들릴까 말까 할 정도로 줄이고, 발소리도 적게 내려고 신경을 쓰게 되는데 그건 전혀 문제가 되지 않았다. 그런 건 손녀와 사는 즐거움에 비하면 아무것도 아니었으니까.

아이는 지금까지 내가 할 수 없었던 것을 수시로 해결해 주었다. 핸드폰이나 컴퓨터를 사용하다가 생기는 시스템상의 문제는 나로서는 어찌해볼 도리가 없는 일이다. 인터넷으로 건강보조식품 하나를 사려고 해도, 뭐 그렇게 요구하는 게 많은지 중도에 포기하고 아무것도 사지 못했었다. 이젠 손녀가 척척 주문해주니 건강은 문제없을 것이다. 그동안 기계치여서 답답하게 살았던 것들을 해결해주니 막혔던 하수구가 뚫린 듯 속이 시원했다.

채영이가 잘 맞춰주어서이기도 하지만, 우리는 대화가 잘 통해 공부하다 잠깐 쉴 때는 소파에 나란히 앉아 이야기꽃을 피우곤 했다. 혼자 있을 땐 며칠이라도 말할 일이 없는데, 같이 대화할 사람이 있다는 건 얼마나 좋은 일인가. 나날이 행복이었다.

그러던 어느 날, 내 심장이 쿵하고 내려앉는 문제가 생겼다. 매일 공부하러 가는 집 앞 도서관이 리모델링 한다고 문을 닫은 것이다. 내가 나가는 날이 많으니 집에서 혼자 공부해도 되는데 아이는 도서관이나 스터디 카페에 가서 공부를 한다. 혼자 있어도 집에서는 공부가 잘 안 된다는 것이다. 그러니 도서관이 가까이 있는 제집으로 가야 한단다.

채영인 어렵게 말을 꺼냈고 나는 놀랐다. 섭섭한 마음에 나도 모르게 속눈썹이 살짝 젖었나보다. 저도 놀란 듯 어쩔 줄 몰라 하며

"할머니, 할머니가 그렇게 서운해하시면 내가 어떻게 가요. 공부해야 하는데~."

내가 어찌 그걸 모르겠냐. 그냥 순간적으로 내 마음이 그랬던 것일 뿐이지. 가을까지 있을 예정이었던 채영인 내 집에서 두 달을 머물다 제집으로 떠났다.

지금까지는 혼자 사는 자유를 마음껏 누리며 살아왔다. 나가건 들어오건 누가 말할 사람도 없고, 밥하기 싫거나 먹고 싶지 않으면 안 해도 되니 이보다 편할 수가 없었다. 다음날 나갈 일이 없을 때는, 잠이 안 오면 온 집 안에 불을 환하게 켜놓고 새벽 두세 시가 넘도록 안 잘 때도 있었다. 그러니 자고 일어나는 것도 불규칙할 수밖에 없었는데, 지금까지는 이런 불규칙한 생활마저 자유라 여겼다.

홀로 오래 살다 보니 가족과 사는 게 어떤 건지 잊고 살았나 보다. 가깝게 지내는 지인들이 때때로 심심하거나 외롭지 않느냐고 물으면, 전혀 심심할 시간도 없고 외롭지도 않다고 대답했다. 외롭다고 느껴본 일이 없었으니 그 대답은 사실

이다. 그랬는데 손녀가 내 집에 머물다 돌아간 후에, 지금까지 익숙하게 살아왔던 것들에 불쑥 다른 감정이 끼어들었다. 나는 갑작스런 이런 감정이 당황스러웠다. 외롭지 않다고 애써 외면하고 살아왔던 대신, 가족이 있으면 더 행복하다는 것을 느끼지 못하고 살아왔다는 걸 알게 된 것이다. 아니 모르고 살았던 게 아니라 이제야 자각한 것일 터이다.

채영이가 돌아간 얼마 후에 예전의 생활로 돌아왔지만, 새삼스럽게 깨닫게 된 외로움은 사라지지 않고 가끔씩 나를 들쑤셔댄다. 채영인 내 안에 깊숙이 숨겨두었던 원초적 감정인 외로움을 슬쩍 건드려 놓고 가버린 것이다. 그러나 어쩌겠는가. 이것도 사람이 살아가는 하나의 과정인 것을.

(2021, 한국수필작가회)

6

길 위에서

길은 세월의 흔적을 담아내는 주름처럼 황량한 들판과 숨 가쁘게 오르는 높은 산으로 구불구불 흐른다. 길은 추운 겨울 세상을 하얗게 감싸 안은 눈, 한여름 뜨거운 태양 아래 홀로 서 있는 벌판의 한 그루 나무를 벗 삼아 그 자리를 꿋꿋이 지키고 있다. 계절이 가고 또 오고 수 없는 세월 속에, 자연과 인간이 만나고 헤어지며 길 위의 시간이 흐르고 있다.

『창문 넘어 도망친 100세 노인』 이야기

TV에서 스웨덴 작가 요나스 요나손이 쓴 『창문 넘어 도망친 100세 노인』 책을 소개하고 있었다. '창문 넘어 도망친 100세 노인'이라니, 제목부터가 궁금증을 갖게 하는 책이다. 책을 소개하는 사람들의 말로는 "역사 가볍게 하기" 또는 "역사 비틀기"라고 평하였다. 역사만으로도 흥미 있는데, 거기다가 복잡다단하기 짝이 없는 역사를 가볍게 했다고 한다. 그리고 역사를 비틀었다니 어떻게 비틀었는지 그것에도 호기심이 생겨 책을 샀고, 책을 읽기 시작하자 쉬지 않고 단숨에 읽어치웠다.

소설 속에서는 우연한 사건으로 의도치 않게 여러 인물들이 죽어 나가는데, 그들의 죽음이 끔찍하거나 혐오스럽다는 생각이 들지 않고 코믹하고 자연스럽게 느껴졌으니, 문체와 문장의 힘이 어떻게 사람을 세뇌시키는지 기가 찰 노릇이었다.

주인공 100세 노인 '알란'이 만났던 인물들은 모두 근현대사에 길이 이름을 남긴 사람들이다. 그들의 과거나 정치적 행보, 가족사까지 그려낸 작가는 그것이 허구라면 그렇게 꾸며낸 솜씨에 놀라고 사실이라면 해박한 역사적 지식에 감탄하게 된다. 이 작가가 교묘하게 얽히고설킨 역사와 인간관계를 만들어낸 건, 천재 아니면 엮어내기 힘든 소설 방식이 아닌가.

나는 현재와 과거가 유쾌하게 교차되는 소설을 읽으며 유머러스한 문체가 하도 재미있어서, '뭐 이렇게 재미있는 소설이 다 있어' 하며 혼자 중얼거리기도 하고 때로는 실실 웃고 있는 자신을 발견하기도 했다. 그러나 소설이 가볍게 표현됐다고 해서 결코 가볍게 치부해버릴 내용은 아니다. 소설이 허구라는 것은 누구나 아는 일이지만 '아무리 허구라도 이렇게 허황된 이야기는 말도 안 되는 거 아냐' 하면서도 그게 또 참 그럴듯해 보여 '알란의 이야기가 진짜 역사적 사실이 아닐까' 하는 엉뚱한 생각이 들기도 했다.

소설가는 상상을 통해 사실과 너무나 다른, 그리고 현재와도 상관없는 가상의 공간을 만든다. 이 책의 작가는 100세 노인을 앞세워 역사적 사실에 온갖 상상을 덧입혀 사건을 만드는 재주를 부렸다. 사실 소설 속에서 100세 노인 알란이 겪은 사건들은 우리가 알고 있는 진짜 역사가 아닌가. 책을 읽다 보면 역사 시간에 한 번쯤은 배웠던 100년의 세계사를, 뒤죽박죽된 소설 속에서 찾아내 그 시대를 뒤돌아보는 기회를 가질 수 있을 것이다. 그러므로 이 책은 간추린 세계사라고 해도 과언이 아니다. 나는 책을 읽는 동안 소설 속으로 빨려 들어가고 말았다.

알란이 전 세계를 누비며 만난 인물들은 스페인 독재자 프랑코 총통에서부터 미국의 트루먼 대통령, 영국 수상 처칠과 구소련의 스탈린, 중국의 마오쩌둥, 그리고 대한민국의 남한으로 가기 위해서 북한에 들렀다가 김일성과 어린 김정일도 만난다. 그 도중에 마오쩌둥의 부인 장칭을 구하는가 하면, 중국 국민당 장제스의 부인 쑹메이링을 만나기도 하고, 그 외 수많은 인물들과 우연히 얽힌다. 이 모든 일들을 역사적 사건에 끼워 넣었으니, 그 치밀한 플롯에 감탄하지 않을 재간이 있겠는가.

이야기는 1905년 5월 2일 스웨덴에서 태어난 알란이, 2005년 5월 2일 100세 생일잔치를 한 시간 남겨두고 남은 인생을 양로원 원장의 잔소리로부터 자유롭게 살기 위해 창문을 넘어 도망치게 되고, 그 과정에서 갱단의 돈 가방을 충동적으로 훔쳐 달아나면서 시작된다. 그러면서 소설은 갱단과 경찰에 쫓겨다니는 2005년의 상황과, 태어난 1905년부터 알란이 살아온 일생이 교차로 전개되고 있다. 노인은 너무나 순진하여 바보처럼 보이기도 하는데, 제2차 세계대전과 종전 후까지 중요한 시기마다 전쟁의 주역인 각국의 대통령과 원수를 만나고 유일한 기술인 폭탄 제조기술로 핵폭탄 만드는 기술을 알려주는데, 그런 일들은 전혀 심각하지 않게 그저 알란의 일상적 이야기 속에서 전개된다. 알란은 "세상만사는 그 자체일 뿐이고, 앞으로도 무슨 일이 일어나든 그 자체일 뿐이다"라는 어렸을 적에 들었던 어머니의 말대로 평생을 진지하거나 심각해본 일 없는 낙천주의자이다. 알란처럼 살 수 있다면 이 세상 심각한 일은 아무것도 없을 것이다.

책이 출간되자마자 세계 각국의 언어로 번역되었고, 수많은 상을 탔으며 500만 부 이상이 팔려나간 『창문 넘어 도망친 100세 노인』을 세계의 비평가들은 "쉴 새 없이 웃음이 터져 나오는 엄청난 상상력의 작품" 또는 "다이너마이트 같은 폭발력을 가진 코미디"라고 평했다.

작가는 머리말에서 책 내용의 황당함을 이렇게 짧게 표현했다. '우리가 입을 헤 벌리고 "할아버지~ 그게~ 진짜 정말이에요?" 하고 물으면 진실만을 얘기하는 사람들은 내 이야기를 들을 자격이 없단다'라고 대답하셨다고 했다.

이 책의 황당함을 이보다 더 잘 표현할 방법이 있을까.

(2014)

연암을 생각하며

조선 시대의 명문장가로 알려진 박지원의 『열하일기』를 읽어 보고 싶던 차에 서점에서 표지도 산뜻한 열하일기를 보자마자 사들었다. 두 권으로 된 박지원의 열하일기는 그림을 적절하게 삽입하여 이해하기에 편했다. 옛글을 읽는 재미와 그 맛은 남다른 데가 있는데, 그중에도 나는 『열하일기』를 좋아한다. 『열하일기』를 읽으며 박지원을 조선 시대 최고의 문장가라 이르는 말에 대해 무릎을 치며 공감한다. 박학다식함에 감탄하고, 문장을 이끌고 가는 힘찬 필력에 놀라고, 여행하는 동안 가는 곳마다 보이는 것마다, 그냥 지나치지 못하는 박지원의 왕성한 호기심에 감탄하고 또 감탄하였다.

연암 박지원은 북학파 벗들인 홍대용, 박제가, 이덕무, 이서구, 백동수 등 18세기 지성사를 빛낸 인물들과 어울리며 청춘을 보낸다. 그들은 밤마다 탑골에 모여 어울리며 지식과 우정을 나누기도 한다.

『열하일기』는 박지원이 1780년(정조 4년) 삼종형 박명원이 청나라 건륭황제의 칠순을 하례하는 '진하사' 겸 '사은사'로 사행단을 구성하여 정사로 청나라에 가는 길에, 군관자제 자격으로 따라갔던 일을 쓴 것이다. 한양에서 5월 25일에 출발하여 연경과 열하를 걸쳐 다시 한양으로 들어오는 10월 27일까지 5개월의 과정에서 보고 느꼈던 것과 여행 중에 만난 지식인들과의 대담을 기록한 방대한 작품이다. 박지원은 중국어를 말하지 못하고 알아들을 수도 없어 한문 필담으로 많은 것을 알아내었고, 장사꾼들과도 필담으로 얘기하여 그들의 생활을 세세히 살펴 이국의 풍물과 인정을 글로 기록하였다.

『열하일기』는 「도강일기」 서(序), 6월 24일 "오후에 압록강을 건넜다. 30리를 가서 구련성에서 노숙했다. 밤에 큰비가 퍼붓더니 곧 그쳤다"로 시작된다. 그리고 그곳에서부터 압록강을 건너는 여정으로 고난의 연속이다. 그렇게 힘들게 연경까지 갔는데 청나라 황제는 열하의 피서산장에 가 있다는 것이다. 그러니 다시 열하로 가야 하는데 3천 리가 넘는 길을 생사를 넘나들며 가는 험한 길이다. 그러나 연암에게는 가는 길에 보고 들은 중국의 문물을 관찰하고 기록할 수 있는 좋은 기회였으니, 그것이 오늘날까지 아니 앞으로도 영원히 빛날 명문장이 탄생하는 계기가 된 것이다.

연암은 사행 길 여정의 모든 것들과, 발전된 청나라의 문화를 세세히 살펴본다. 어느 마을에서는 벽돌 굽는 가마를 보고 조선의 벽돌 굽는 방법과 비교하여, 우리의 방식이 잘못되었다는 것을 알아낸다. 우리나라 가마는 옆으로 길게 눕혀 놓은 방식으로 소나무를 때서 옹기를 굽는데, 잘 구워지지 않기도 하거니와 비용이 많이 드는 단점이 있다는 것이다. 그리고 소나무가 많이 들어 모든 산의 소나무가 다 없어져 민둥산이 될 것이라고 잘못된 벽돌 가마와 소나무까지 걱정한다. 연암의 왕성한 호기심은 나라와 백성을 위한 것임을 알 수 있는 대목이다.

연암의 호기로운 배짱은 '호곡장론(好哭場論)' 편에서 잘 나타난다.

"훌륭한 울음 터로다! 크게 한 번 통곡할 만한 곳이로구나."

크게 한 번 통곡할 만한 곳이라는 연암의 말에 정진사가 물었다.

"하늘과 땅 사이의 탁 트인 경계를 보고 별안간 통곡을 생각하시다니, 무슨 말씀입니까?"

"기쁨이 사무쳐도 울게 되고, 노여움이 사무쳐도 울게 되고, 즐거움이 사무쳐도 울게 되고, 사랑함이 사무쳐도 울게 되고, 욕심이 사무쳐도 울게 되는 것이다. 근심으로 답답한 걸 풀어 버리려면 소리보다 더 효과가 빠른 게 없지. 울음이란 천지간에 있어서 우레와도 같은 것일세."

연암은 하늘과 땅 사이의 탁 트인 경계에서 마음을 달랠 수 있으니, 크게 울어볼 만한 터라는 것이다. 좁은 조선 땅에서 답답하게 살다가 광활한 천지를 본 연암의 충격을 알만하겠다.

'일야구도하기(一夜九渡河記)'에서 연암은 폭우로 범람한 강을 하룻밤에 아홉 번이나 건너며, "이제야 비로소 도를 깨우쳤노라"고 했는데, 물이 범람하여 위험한 강을 도대체 왜 아홉 번이나 건넜을까 의문이 든다. 어떤 상징적 의미가 있는 것일까? 아무리 생각해봐도 나로서는 이해할 수 없는 문장이었다.

책의 내용 중에 백이숙제의 묘를 찾아가는 장면이 있는데, 몇 년 전 여행 중에 가본 곳이다. 그때 난하와 요하를 달려가서 창려현 갈석산을 찾아갔었고 백탑도 보았기에 그때를 상상하며 읽었다. 연암은 『열하일기』에서 패수의 위치가 어디인지 알아야 고구려와 고조선의 옛 영토를 밝혀낼 수 있다고 하였다. 지난번 고조선 유적을 찾아갔을 때는 그 일대에서 발굴된 유물이 우리나라에만 있는 고유한 유물인 비파형 동검과 빗살무늬토기가 나왔고, 적석총이 발견되어 그곳이 고조선의 땅이라는 것이 밝혀졌다는 말을 들었었다.

연암의 『열하일기』 외에 나주 사람 금남 최부가 쓴 『표해록』이 있다. 상당한 수준의 문장과 풍부한 내용을 담고 있는 『표해록』은 성종 18년 경차관으로 파견되어 제주도에 갔던 최부가 아버지의 부고를 접하고 나주로 돌아오다가 폭풍을 만나 표류하게 된다. 표류하는 과정에 중국 절강성 바닷가에 도착하여 중국에서 겪게 되는 여러 일들을 쓴 글이다. 책을 읽고 최부의 후손들과 함께 『표해록』의 여정을 따라 여행을 한 적이 있는데, 그때의 감동이 아직도 가슴에 남아 있다. 이젠 연암을 생각하며 열하일기 명문장의 발자취를 더듬어 가보아야겠다.

(2015)

역사의 행간

역사란 무엇일까. 인류가 살아온 흔적, 또는 내가 어제까지 살아온 모든 날들이 역사일까. 그러나 어제는 역사요 내일은 미래라는 등식이 아닌, 엄밀한 의미에서 후세들에게 좋은 의미로든 나쁜 의미로든 영향을 미칠 수 있는 사건이라야 역사라 할 수 있지 않을까.

내가 역사에 관심을 갖게 된 것은 유적답사 다니는 사람들과 어울려 사라져가는 내 고장의 향토 유적을 찾아내어 해마다 연구서를 내는 일에 참여하고, 또 고조선유적 답사팀에 참여하여 옛 고조선 유적지를 여러 차례 다녀오면서이다. 학교에서 역사 시간에 배운 건, 역사적 사건과 그 사건의 연대기

외우기였다. 시험을 치르기 위해 외우는 연대기는 외워도 잊어버리기 일쑤여서 수업시간이 지루하고 재미없었다. 역사를 전문적으로 배우지 않았으니 당연히 아는 게 별로 없어, 역사책을 읽거나 유적지를 답사하기도 하고 강의를 들으러 다니다가 점점 역사에 빠져들게 되었다.

내가 참여하는 역사단체는 우리나라의 고대유적을 찾아 국내와 중국으로 답사를 다니는 사람들의 모임이다. 그렇게 몇 년을 답사에 쫓아다니는 동안, 재야사학을 강단사학계에서 인정하지 않는다는 걸 알게 되었다. 왜 그런가. 학문적 토대와 확실한 근거가 없기 때문이라는 것이다. 역사에는 '만약에'라는 가정이 있을 수 없듯이, 확실한 사료나 근거 없이 추측을 하거나 개인적 생각을 첨부해서는 안 되는 것은 물론이다. 그러나 정통사학이 아니라고 해서 사료에 없거나 근거 없는 주장을 하는 것만은 아닐 것이다.

재야사학자 중에는 괄목할만한 연구를 해낸 분들도 있고, 중국의 사서나 우리의 고대사에 적힌 한 줄의 기록을 가지고, 현장을 답사하고 연구하여 새로운 사실을 찾아내는 학자들도 있다. 고조선 역사를 연구하는 분들과 답사를 같이 다니다 보면, 갈 때마다 그 지역 서점에 들러 중국 역사책을 몇 권씩이나 사는 걸 볼 수 있다. 책 속에서 고조선과 관련된 단 한 줄, 한 단어라도 찾아내려는 노력이다.

물론 답사에 따라다니는 사람들 중에는, 얄팍한 애국심에 매몰되어 정확한 근거 없이 지나친 주장을 하는 사람도 없지 않다. 그런 일은 양쪽 모두에 득이 되지 않으며, 문제를 불러 일으킬 수도 있으니 더욱이 경계해야 할 일이다.

지난여름엔 한 권의 책을 읽고 한동안 고민에 빠졌었다. 역사적 사건을 확실한 사료적 근거에 의하여 주장하며, 정통 사학의 진실성을 밝히고 재야사학이 어떻게 해서 사이비 역사학인가 하는 것을 논리적으로 조목조목 따져서 쓴 책이다. 처음엔 가볍게 읽기 시작했다. 중간쯤 읽어 내려가자 그 논리 정연한 지적에, 마음이 불편해지기 시작했고 머릿속이 혼란했다. 정확히 이해해 보려고 읽은 문장을 두 번 세 번 다시 읽어 보느라 한 권의 책을 읽는 데 일주일이나 걸렸다.

내가 믿고 있던 재야사학을 사이비로 규정했으니 지금까지 믿어왔던 것들의 배반이 아닌가. 혼란스러운 머리는 지끈지끈 아프기 시작했고, 책을 읽는 일주일 동안 정말 병이라도 난 것처럼 몸이 아팠다. 책을 다 읽고도 며칠 동안 아픈 듯, 시름시름하며 생각에 빠져 지냈다. 이것이 일러 말하는 민족주의적 정체성인가. 대원군의 쇄국정책처럼 나에게도 비난받을 민족주의적 성향이 있는 것 같아 가슴이 따끔거렸다.

역사는 과거의 기록에 의지하는 학문이고, 유물과 유적을 증거로 삼는 학문이다. 기록도 적고 유물, 유적도 오랜 세월 동안 묻히고 사라져버린 고대사는 그만큼 밝혀내기가 어렵다. 그것을 찾아 중국 대륙을 누비고 다니는 재야 역사학에서는 정통사학을 식민사학이라고 비난하기도 한다. 그러나 정통사학과 재야사학 중에 어느 쪽이 옳은 사학이고, 어느 쪽이 잘못된 사학이라고 누가 단정 지을 수 있을까. 서로 공유하며 보완하는 관계가 될 수는 없는 것일까.

전 세계 사람들이 서로 언어가 다른 나라에 정착해 사는 시대에, 민족이란 개념은 점점 무의미해지고 있다. 대한민국에도 세계 여러 나라에서 온 수많은 외국인들이 살고 있고, 우리나라 사람들도 전 세계의 곳곳에서 살고 있다. 단일민족이니 한민족이니 하는 개념은 점차 사라지게 될 것이고, 앞으로는 다문화 가정이라는 표현도 쓰지 말아야 한다고 말한다. 세계사는 이토록 급속도록 변해가고 있는데, 내 안의 역사는 아직도 고전 속에 머물러 있다. 내가 고대사를 더 좋아하는 것은 이런 성향 때문인지도 모른다.

책을 읽고 나서 혼란스런 머리를 정리하지 못하고 있던 어느 날, 지인에게 "책을 읽고 마음이 불편한 걸 보니, 내 마음속에도 민족주의적 성향이 있나 보다"라고 했더니, 한국인 대부분이 그런 성향이라고 하며 나에게 당연하다고 말한다.

며칠 동안 고뇌에 빠져 시름거렸던 생각을 정리하고, 복잡했던 마음을 훌훌 털어냈다. 내 역사적 정체성이 변하지 않았으니 내가 믿어왔던 것들에 대한 배반은 일어나지 않았다. 역사는 지속적으로 연구하고 새로운 것을 찾아내기도 하여, 때로는 왜곡된 역사가 바로 잡히기도 하지 않는가. 책을 읽고 난 후 역사에 대해 다시 생각해볼 기회가 되었고 앞으로 역사를 제대로 판단해야 하겠다는 생각을 가졌다.

마음을 정리하고 나서 다음 달에 찾아갈 바이칼호수를 생각하니 지금부터 마음이 설레고 있다. (2018, 한국수필)

길 위에서

환경영화제에서 상영된 「자전거 사막 횡단」을 보러 갔다. 평소에는 볼 수 없었던 낯선 나라 에스토니아의 영화로 리보 니글라스(Liivo Niglas) 감독의 작품이다. 영화제 마지막 날이라 바쁜 마음에 영화를 같이 보러 가자고 할 사람도 구하지 못하고, 혼자서 파주에서 서울 정동 스타식스로 갔다. 아침 시간이어서인지 관객이 그리 많지 않았는데, 그곳에 온 사람들은 대부분 환경이나 환경영화제에 관심이 있는 사람들로 보인다. 일주일간의 환경영화제는 씨네큐브와 스타식스 정동 5관과 6관에서 6개의 작품이 상영되고 있었는데, 나는 「자전거 사막 횡단」을 선택했다. 내가 그 영화를 선택한 이유는 제목에서도 알 수 있듯이 특수한 상황에서의 여행을 볼 수 있을 것이란 기대와 며칠 전 금호갤러리에서 환경사진전시회를 본 일도 있기 때문이다.

환경사진전시회 사진은 이란 영화 「내 친구의 집은 어디인가」란 영화를 감독했던 압바스 키아로스타미 감독이 직접 촬영한 흑백 사진 84점이 '바람이 또 나를 데려가리'라는 제목으로 전시되고 있었다. 그의 사진 안에는 광활한 사막에 덮인 흰 눈 사이로 외줄기 길이 끝없이 뻗어 있고, 길옆에는 잎이 다 져버린 한 그루 나무가 공허한 사막의 정적을 깨트리듯 서 있거나, 한 사람 혹은 두 사람이 걸어가고 있는 광경, 또는 뿌리를 눈 덮인 땅에 박고 서 있는 나무들의 행렬을 찍은 것이 대부분이었다. 겨울나무의 생명력을 알 수 있는 것은, 나무를 중심으로 주변의 눈이 움푹 들어가도록 녹아 있는 것이다. 살아 있는 나무의 에너지가 눈에 전해져 녹게 만든 것, 간결한 프레임 안에 담겨 있는 흑백의 사진이 나무의 생명을 느끼게 하였다.

평소 환경에 관심이 있기는 했어도 환경영화제라는 타이틀이 붙어있어 재미없는 교육영화일 것이라는 선입견을 가지고 영화관에 들어섰다. 그러나 잘못된 생각이었다는 것을 영화가 시작되자마자 금방 알았다. 영화는 인구 130만 명의 작은 나라 에스토니아에서 여행을 떠난 다섯 명의 청년들의 이야기로 시작되었다. 청년들은 모험 넘치는 여행으로 4개월 동안 몽골에서 네팔에 이르는 지역을 자전거로 여행하는 중이었다. 중앙아시아의 드넓은 사막과 평원을 가로지르며 자전거를 타고 유랑하듯 떠난 청년들의 여행은, 때로는 힘들고 때로는 즐거운 고행으로 변화무쌍한 자연 풍광과 극한상황을 보여준다. 몽골의 고비사막을 시작으로 네팔의 카트만두와 히말라야 산맥까지 가는 동안 그들은 우기와 추위를 겪어야 했고, 산사태로 무너진 길을 위험천만하게 지나기도 하며 체력이 닿는 한 페달을 밟고 또 밟았다. 쉴 사이 없이 자전거 페달을 밟는 그들의 체력이 한계에 부딪힐 때도 있어, 버스의 지붕 위에 자전거를 싣고 버스를 타고 가기도 하면서 청년들은 끝까지 해내려는 집념을 버리지 않는다.

그들이 가는 길을 따라 나도 같이 여행하듯, 눈으로 화면을 따라갔다. 가는 곳마다 만나는 원주민들과의 교류는 흥미로운 풍속을 접하게 되고 다양한 민족을 만나게 된다. 순박한 성품과 후덕한 인심을 가진 원주민들은 우리의 시골 농민과 별반 다르지 않았다. 히말라야의 야크 목동들을 만나 그들이 기르는 양 젖을 짜보기도 하고, 그들이 먹는 발효음식을 먹어

보기도 하면서 다섯 명의 청년들은 여행에서만 느낄 수 있는 세상의 진리를 깨닫는다. 자전거에 주렁주렁 짐을 매달고 튼튼한 두 발을 힘차게 휘저어 앞서거니 뒤서거니 발길 닿는 대로 달리며, 그들이 맛보는 것은 광활한 대륙의 공기이며 해방감과 자유이다. 초소를 지키는 군인들 몰래 국경을 넘으며 세상의 무경계를 실감하는 그들을 따라 나도 탁 트인 해방감을 느껴본다.

다큐 영화의 화면에는 다섯 청년들이 보는 것 듣는 것마다 모두 색다른 이국의 문화이고, 영화를 보는 관객들에게는 신기한 일들이었다. 그들은 여행 중에 순례의 길을 떠나 성지로 가는 세 남자를 만난다. 오체투지로 삼보일배를 하는 순례자들로 나막신을 손바닥에 끼고 가죽으로 만든 앞치마를 입은 이상한 차림새이다. 그들은 두 발로 걷는 것이 아니라 배를 땅에 대고 길 위를 미끄러지듯 하고, 다시 일어섰다 엎드리며 미끄러지기를 반복하면서 멀고 먼 순례의 길을 가고 있다. 가던 길을 멈추고 순례자들이 이상한 방법으로 길을 가는 것을 바라보고 있던 청년들 중 한 사람이, 순례자들에게 다음에 또 성지 순례를 할 생각이 있느냐고 물었다. 순례자들은 머리를 절레절레 흔들며 다시는 하지 않을 것이라고 대답한다. 청년들은 자신들의 자전거 여행보다 순례의 길이 더 험난한가 보다고 생각한다.

참으로 인상적이었던 장면 중에 하나는 오랜 여행으로 땀에 절고 지친 청년들이 야영지 천막 옆에 모닥불을 피워 놓고, 바로 옆 작은 웅덩이에 풍덩 몸을 내던지는 장면이다. 웅덩이는 겨우 한 사람이 들어가 누울 수 있을 만큼 작았다. 한 사람씩 벌거벗은 채로 물속에 풍덩 뛰어 들어갔다 나오고, 또 한 사람이 들어가기를 차례대로 하는데, 참으로 자연스러운 것이 자연인가. 아무것도 걸치지 않은 어른들의 육체가 도무지 혐오스럽거나 흉하지 않았으니, 대 자연의 품에 안겨 있는 그 순간은 인간도 자연의 일부로 동화된 것인가 보다.

길은 세월의 흔적을 담아내는 주름처럼 황량한 들판과 숨가쁘게 오르는 높은 산으로 구불구불 흐른다. 길은 추운 겨울엔 세상을 하얗게 감싸 안은 눈과 한여름 뜨거운 태양 아래 홀로 서 있는 벌판의 한 그루 나무를 벗 삼아 그 자리를 꿋꿋이 지키고 있다. 계절이 가고 또 오고 수 없는 세월 속에, 자연과 인간이 만나고 헤어지며 길 위의 시간이 흐르고 있다.

(2007)

여성독립운동가 임명애

향토 연구지에 발표할 연구 논문 자료를 찾다가, 국가기록원 홈페이지에서 『여성독립운동사 자료 총서』를 보게 되었다. 올해가 3.1 운동 100주년이 되는 해여서 더욱 관심이 갔다. 국가기록원장은 『여성독립운동사』를 발간하게 된 경위에 대해서 "3.1 운동 과정에서 독립운동에 참여한 여성들의 활동이 많았는데도 여성독립운동사에 관한 연구가 극히 일부를 제외하면 빈약한 실정이고, 특히 여성독립운동사에 대한 자료집은 지금까지 발간된 사례가 없어서, 3.1 운동 97주년을 맞아 국가기록원에서 『여성독립운동사 자료 총서』「3.1 운동」 편을 발간하게 되었다"고 하였다.

독립운동가 임명애

서대문형무소의 임명애에 관한 수형 기록을 보면, 1919년 징역 1년 6월을 선고받고 서대문형무소에 수감 되었고, 직업은 농부, 소속은 개신교(구세군) 신자 부교라고 기록되어있다.

1919년 3월, 파주에서도 일본 식민지배에 저항하는 독립운동이 일어났다. 그때 임명애는 교하리에 있는 공립보통학교에서 이 학교 학생 1백여 명을 동원하여 조선독립 만세를 외치며 시위에 참가하였다. 또 임명애와 남편 염규호는 "독립 만세시위를 할 것이니 모두 모이라"는 내용의 격문을 인쇄하여 몇몇 사람에게 주어 주민들에게 배포하게 하였다. 격문을 받고 동조하는 주민 7백여 명이 3월 26일 장터에 모여들자, 임명애와 염규호는 시위군중 앞에 서서 이들을 지휘하면서 면사무소 유리창을 부수고, 면서기들에게도 같이 동참하자고 하였다. 그들은 다시 시위대를 이끌고 주재소를 향해 행진하고 있었는데, 미리 기다리고 있던 일본 경찰이 무차별적으로 쏜 총탄에 맞아 사망자가 생기자 시위대는 뿔뿔이 흩어졌다. 임명애는 그때 남편과 함께 체포되었다. 임명애는 경성지방법원에서 보안법과 출판법 위반혐의로 6월 3일 징역 1년 6개월 형을 선고받고 서대문형무소에 수감되었다.

수감 당시 임명애는 만삭의 몸이었다. 복역한 지 한 달 만에 출산하기 위해 임시 출소하였다가 11월에 다시 어린 아기를 데리고 재수감되어, 차디찬 감방에서 산후조리도 할 수 없는 형편이었다. 남편 염규호도 1년형을 받고 복역 중이어서, 갓난아기까지 한 가족이 고통스러운 수감생활을 견뎌내야 했다.

임명애는 1921년 4월, 만기 출소하여 고향으로 돌아와 살다가 52세의 나이로 해방도 보지 못하고 세상을 떠났다. 정부에서는 그녀의 공훈을 기려 1982년 대통령 표창을 수여하였고, 1990년에 그녀의 남편 염규호와 함께 건국훈장 애족장이 추서되었다.

서대문형무소 역사관

임명애가 수감 되었던 서대문형무소 역사관을 찾아갔다. 서대문형무소 역사관은 일제가 처음 문을 연 1908년에는 경성감옥으로 1945년 광복이 될 때까지 독립운동가들의 탄압 장소로 사용했다. 그 후에 서대문감옥으로 불리다가 1923년 서대문형무소로 바뀌었고, 지금은 서대문형무소 역사관으로 사용되고 있다.

일제 강점기 서대문형무소에 수감 된 독립운동가들은 연인원이 4만여 명에 달했는데, 이곳에서만 900여 명이 순국했다고 한다. 역사관 수형기록카드 전시장에는 5천여 장의 카드가 사면 벽에 가득히 붙어있었다. 임명애의 카드를 찾아보려고 두루 살펴보았지만, 높은 벽면 위에서 아래까지 빼곡하게 붙어있는 수많은 카드에서 찾아내기란 쉬운 일이 아니었다. 눈이 아프도록 위에서 아래로, 좌에서 우로 훑어보았지만 찾지 못하고 눈에 뜨인 도산 안창호 선생의 카드를 보고 있는데, 바로 옆에서 노신사부터 젊은이까지 대 여섯 사람이 한 카드를 가리키며 찾았다고 환호성을 지른다. 궁금해서 기웃거렸더니 노신사가 "이분이 제 조부님입니다" 하고 자랑스레 말한다.

지하 고문실에 내려가 보니 온갖 고문 기구와 교수형에 쓰이는 밧줄이 걸려 있다. 고문실 옆에 시신을 내보내는 시구문까지 있는 걸 보고 아직도 사죄하지 않는 일본에 대해 화가 났다.

여옥사 8호 감방, 유관순의 동지애와 만세 사건

서대문형무소 여옥사는 당시 대로 복원되어 있었다. 임명애가 수감 되어있던 8호 감방 벽에는 유관순, 어윤희, 신관빈, 권애라, 임명애, 김향화, 심명철 등 수감자 7명의 사진과 인적사항이 붙어있다.

유관순은 잘 알려진 대로 1919년 이화학당 재학시절 서울에서 일어난 3.1 운동에 참여하였다가, 고향인 충남 천안으로 내려가 병천면 아우내 장터에서 1919년 4월 1일 만세운동을 이끌었던 대표적인 여성독립 운동가이다.

8호 감방 벽에는 만삭의 몸으로 갇혔다가 출산한 후에 아기와 함께 다시 수감 된 임명애를 유관순이 도와준 일화가 사진과 함께 붙어있다. 아기에게 먹일 젖이 모자라 힘들어하는 임명애에게 유관순이 자기 밥을 덜어주기도 하고, 젖은 기저귀를 짜서 몸에 감고 체온으로 말려주었다는 내용이다. 어윤희는 금식기도 중이라면서 유관순에게 자신의 밥을 주기도 하는 등 따듯한 우애를 보여 준 일화가 감동을 더해준다.

서대문형무소에서는 1920년 3월 1일 오후 2시, 또다시 만세의 함성이 천지를 진동하였다. 유관순과 어윤희가 3.1 운동 1주년 기념 만세 투쟁을 하기로 하고, 비밀통신방법으로 17개 여자감방 전체에 연락하였다. 3월 1일 8호 감방의 "대한 독립 만세" 소리를 신호로 여자 옥사 전체가 만세를 외쳤다. 만세 소리는 남자 옥사까지 들렸고 남자 옥사에서도 만세를 부르자 서대문형무소 모든 옥사에 만세 함성이 울려 퍼졌다. 이로 인해 유관순은 심하게 고문을 당하면서도 굴하지 않아 심한 매질에 방광이 파열되는 등 끝내 9월 28일 감옥에서 순국하고 말았다.

대한독립여자선언서

임명애의 독립운동 자료를 찾다가 지금까지 몰랐던 '대한독립여자선언서'가 있었다는 걸 알게 되었다. 33인이 서명한 대한독립선언서는 알아도, 대한독립여자선언서가 있다는 것을 아는 사람은 많지 않을 것이다. 이 자료는 1983년 안창호 선생의 장녀 안수산 씨가 미국 자택에서 발견하여 국가에 기증했고, 현재 독립기념관에 소장돼 있다.

대한 독립 여자선언서는 1919년 2월 작성된 것으로, 여성들도 독립운동에 동참할 것을 요구하는 격문적인 성격의 선언서이다. 순 한글로 쓴 대한독립여자선언서는 단기 4252년 2월이라는 작성 일자와 김인종, 김숙경, 김옥경, 고순경, 김숙원, 최영자, 박봉희, 이정숙 등 8명의 작성자 이름이 적혀있었다. 선언서는 여성의 입장에서 국내외 전체 동포를 향해 선포한 것으로, 용감한 애국여성을 예로 들었는데, 스파르타의 사리 부인이나 이탈리아의 메리야 부인을 구체적으로 거론하였고, 왜장을 죽이고 자결한 진주 기생 논개와 평양기생 계월화의 애국적 행동을 본받아 적을 무찌르는 용사가 돼야 한다고 강조했다.

"슬프고 억울하다. 우리 대한 동포시여"로 시작되는 선언서는 연약한 여자의 몸으로서 뜻은 있으나 국권 회복 운동에 행동으로 참여하지 못하는 것을 안타까워하면서, 독립운동에서 여성의 대등한 참여의 뜻을 비치며, "남자들은 각처에서 독립을 선언하고 만세를 부르는데, 우리들은 무지몽매하고 신체가 허약한 여자이지만, 같은 국민 같은 양심의 소유자이므로 주저함이 없이, 살아서는 독립기 아래서 활기 있는 새 국민이 되고, 죽어서는 구천 하에서 수많은 선철(先哲)을 찾아가 모시는 것이 우리의 제일가는 의무이므로, 동포여 빨리 분기하자"라고 하며, "때는 두 번 이르지 아니하고 일은 지나면 못 하나니 속히 분발할지어다. 동포, 동포시여 대한 독립 만세"라는 비장한 호소로 끝을 맺는다.

이 대한독립여자선언서를 누가 썼는지는 아직까지 밝혀내지 못하고 있다. 선언서에 여덟 명의 서명이 있기는 하지만, 선언서 발표 이후 광복할 때까지의 독립운동 관련 어떤 자료에도 서명자 여덟 명의 이름이 더 이상 발견되지 않기 때문이다. 3.1 만세운동 전에 발표된 대한독립여자선언서는 1919년 2월 8일 동경유학생들이 조선청년독립단의 명의로 발표한 2.8 독립선언서와 더불어 3.1 운동의 기폭제가 된 것으로 알려졌으며, 국내외 항일 여성 독립운동단체 조직이 체계적인 독립운동으로 활발해지는 계기가 되었다.

일제가 여성독립 운동가들에게 가한 고문에 대한 자료를

찾아보면서 인간이 이토록 악할 수가 있을까 하는 생각이 들었다. 정신적으로는 남성 못지않은 항일 투쟁 의식을 가졌으나, 신체적으로는 약할 수밖에 없는 여성들이다.

미국 언론인 켄달이 쓴 『한국독립운동의 진상』에서 여성들이 3.1 운동 때 당한 폭행 기록을 보면, "10세밖에 되지 않은 어린 소녀들과 아녀자들 그리고 여학생들이 조국을 위해 독립을 외쳤다는 죄목으로 잔혹하게 얻어맞았다"고 하였고, 또 다른 기록에도 "어린 소녀들은 머리채를 휘어잡혀 집에서 끌려나와 전신주에 묶인 채로 대중이 보는 앞에서 매를 맞았다. 아낙네들은 폭행을 당하고 비인도적인 악형을 겪었다"고 하였다. 일제의 경찰은 여성독립운동가들을 혹독하게 고문하면서 특히 성적인 고문까지 가했다. 그들은 여성에게 옷을 벗게 하여 수치심이 일도록 하였고, 그보다 더한 성적 학대도 서슴지 않았다고 기록하고 있다.

다시 생각해보는 여성들의 독립운동사

국권을 빼앗긴 울분이 남녀가 다를 수는 없다. 남녀노소 누구나 평등한 국민 된 의무를 가져야 한다는 평등 의식이, 3.1 운동이라는 거대한 민족운동을 발전시킨 원동력이다. 1919년 2월 27일 오후 6시에서 10시 사이에 보성사에서 인쇄

한 2만1천 매의 독립선언서가 28일 아침부터 지방의 대중 도시로 비밀리에 전달되었다. 서울과 평양을 기점으로 삽시간에 지방으로 전파되어 전국적으로 일어난 3.1 운동은 계획단계부터 남녀가 함께 참여하여, 독립선언서를 인쇄하고 전달하는 과정과 태극기를 제작하고 배포하는 과정에서 여성들이 중요한 역할을 담당하였다. 어느 면에서는 남성들보다 더 용감하게 독립운동을 했던 경우도 볼 수 있었다. 개성의 경우, 남성들이 용기가 없어 만세시위를 이끌어내지 못하고 있을 때, 교회 전도사 어윤희가 용감하게 나서서 시위 전단지를 배포하고 시위대열에 앞장섰다. 아우내 장터에서 장꾼들과 장꾼으로 가장한 3천여 명의 시위를 주도했던 유관순, 대규모의 만세시위를 주도한 해주기생들의 만세시위, 부산과 대구에서 여교사와 여학생들이 주도한 만세시위 등 3.1 운동 전 과정에서 여성들이 보인 애국적인 활약은 잘 알려지지 않은 것까지 헤아릴 수 없이 많다. 그들 중 한 사람이 파주의 여성독립운동가 임명애이다. 임명애의 만세시위를 기점으로 파주 전역에도 만세운동이 전개되는 계기가 되었다.

대한민국을 유린하고 많은 애국지사들을 죽게 하거나 고통 속으로 몰아넣었던 악랄한 그들은 지금까지도 침략자로서의 잘못을 사과하지 않고 대한민국을 무시하는 처사를 일삼고 있다. 3.1 운동 100주년을 맞으며, 여성독립운동가들의 활동을 생각하며, 이 시점에 할 수 있는 일이라면 아직도 무심히 사용하고 있고 의외로 많이 쓰고 있는 일본어의 잔재를 없애는 일이라도 지인들과 함께 실천해야겠다.

(2019, 에세이스트)

나는 아직도 세상이 궁금하다

지은이 / 오순희
펴낸이 / 조유현
편　집 / 이부섭
디자인 / 박민희
표지디자인 / (주)이츠북스
펴낸곳 / 늘봄

등록번호 / 제300-1996-106호　1996년 8월 8일
주소 / 서울시 종로구 동숭4길 9 (동숭동 19-2)
전화 / 02)743-7784　　팩스 / 02)743-7078

초판발행 / 2021년 9월 15일

ISBN 978-89-6555-097-6　03810

※ 값은 표지에 있습니다.